BLUT UND ROSEN

Erotische Schauergeschichten

Barbara Büchner

SCHLAG ZEILEN Black Label

Zeichnungen: Barbara Büchner, Wien
Druck und Bindung: rgg GmbH u. Co. Verlagsges. Braunschweig
Printed in Germany 1996
ISBN 3-931406-04-0

CHARON-VERLAG
Grimme KG

SCHLAG ZEILEN Black Label

INHALT

Als ich bemerkte, wie er mich so lüstern ansah, senkte ich die Augen, aber indem ich von ihm fortblickte, erhaschte ich mein eigenes Bild im Spiegel. Und plötzlich sah ich mich wie er, mein blasses Gesicht, die Art, wie meine Muskeln wie dünner Draht aus dem Hals ragten. Ich sah, wie gut mir dieses grausame Halsband stand. Und ich spürte zum erstenmal in meinem unschuldigen und behüteten Leben in mir selbst Potenzen der Verworfenheit, die mir den Atem nahmen.

Angela Carter, »Blaubarts Zimmer«

LA BELLE ET LA BÊTE

Liebste Adelinde,
nun bin ich also seit sechs Wochen mit dem Scheusal verheiratet, und, wie du aus meinem Brief schließen kannst, bislang noch nicht gefressen worden. Wir leben auf seinem Schloß und es geht mir soweit gut. Er hat Geld wie Heu, und es ist gar nicht ungewöhnlich, daß ich ein Diamantringlein auf meinem Kopfkissen oder ein kleines Perlencollier in der Obstschale finde.
Leider haben die alten Frauen recht behalten, die mich gewarnt haben, daß sich keineswegs alle Monster durch einen Kuß verwandeln. Meiner ist offenbar resistent. Obwohl ich ihn wirklich auf alle erdenkliche Weise und an ganz unbeschreiblichen Stellen geküßt habe, blieb er ziemlich so, wie er vorher war. Die einzige Wirkung war, daß er nach dem vielen Küssen sehr gut gelaunt war und mit den Zähnen meinen Ärmel packte, um mich ins Bett zu ziehen.
Er ist schrecklich gern im Bett, vor allem, wenn ich ihm vorher die Ohren gerollt habe. Er hat recht hübsche Ohren, mit Haarpinselchen dran wie ein Luchs, und wenn ich sie ihm rolle, schnurrt er immer lauter und will dann sofort ins Bett.
Sicherlich bist du nun außer Atem vor Neugier, wie es in diesen Dingen mit ihm bestellt ist. Es gibt aber nichts Besonderes zu berichten. Er sieht weitgehend so aus wie ein Mann.
Das heißt – soweit ich über Männer Bescheid weiß. Ich muß dir gestehen, ich habe noch nie einen richtig nackten Mann gesehen. Ich lege dir eine Skizze bei, wie es ungefähr aussieht. Kannst du für mich rausfinden, ob das bei anderen Mon-, ich meine Männern auch so beschaffen ist? Übrigens sieht es nicht immer gleich aus, muß ich hinzufügen. Für gewöhnlich ist es ziemlich groß und sehr fest und fühlt sich warm an. Aber ein- oder zweimal habe ich bemerkt, daß es kurzfristig ganz klein und schlapp war. Ich war sehr erschrocken, weil ich befürchtete, ich hätte durch mein ungeschicktes Hantieren irgend etwas daran kaputt gemacht. Aber es wurde bald wieder normal.
Dir kann ich mich ja offenbaren, liebste Adelinde: Diese Dinge verwirren mich sehr. Mein Gatte wollte ja unbedingt

eine Jungfrau, aber daß ich so unerfahren bin, hat ihn wohl doch überrascht. Er mußte mir richtiggehend erst zeigen, wo bei ihm hinten und vorne ist. (Bei Männern ist das übrigens genau umgekehrt wie bei Hunden: Bei ihnen ist dort, wo der Schwanz ist, vorne.) Die ersten Wochen überhäufte er mich mit Lektionen. Ich habe mir die allergrößte Mühe gegeben, ihn zufriedenzustellen, aber manchmal war es doch schwierig. Vor allem, weil er ja nicht spricht. Er schnurrt, wenn er zufrieden ist, und wenn er unzufrieden ist, knurrt er und fletscht die Eckzähne, was mich immer aufs heftigste erschreckt. Wenn er etwas von mir will, legt er mir die Pfote auf's Knie. Dabei hat er mir schon zweimal mit seinen langen Krallen die Strümpfe zerrissen. Er besorgt mir aber immer gleich neue. Finanziell ist er sehr großzügig. Als er mein Spitzenhöschen in Fetzen riß, hat er mir noch am selben Abend ein neues geschenkt.
Ich habe jetzt begonnen, alles in ein kleines silbernes Büchlein einzutragen, was ich von ihm lerne, damit ich es keinesfalls wieder vergesse. Um mir die richtige Körperhaltung einzuprägen, mache ich Skizzen dazu. Ich hätte mir nie träumen lassen, daß eheliche Pflichten so kompliziert sind. Irgendwie schwebte mir vor, daß es sich um einen einfachen und kurzfristigen Vorgang handelt. Du siehst, wie naiv ich bin! Von einfach kann keine Rede sein. Es gilt, sehr viele verschiedene Stellungen im Kopf zu behalten, so daß ich ohne meine Notizen völlig verloren wäre! Erst erschrak ich, als mein Gatte mich einmal bei der Arbeit an diesem Büchlein überraschte, aber er war keineswegs ärgerlich, sondern stupste mich freundlich mit der Nase an und bedeutete mir, nur recht fleißig weiterzumachen.
So tue ich also mein Bestes, ihm eine gute Ehefrau zu sein, obwohl mir der Sinn der ehelichen Pflichten nach wie vor völlig rätselhaft ist. In meiner Hochzeitsnacht war ich ganz außer mir vor Angst und Schrecken, weil ich befürchtete, das seltsame und aufgeregte Verhalten meines Gatten würde darin gipfeln, daß ich zerrissen und gefressen wurde. Das war

jedoch nicht der Fall. Ich befürchtete erst, ich sei ihm vielleicht widerwärtig. Ich hatte nämlich den Eindruck gewonnen, daß er mich an verschiedenen Körperstellen kostete, sich aber nicht entschließen konnte, mich zu fressen.
Mir stiegen bereits die Tränen in die Augen bei dem Gedanken, ungenießbar zu sein, als ich bemerkte, wie er zufrieden schmatzte und sich die Lippen leckte. Welch ein Stein fiel mir vom Herzen, liebste Adelinde! Obwohl ich dir offen sagen muß, daß ich nicht gerne in Stücke gerissen

würde, hätte es mich doch sehr gekränkt, so überhaupt kein Wohlgefallen zu wecken.
Aber vermutlich habe ich alles ganz falsch verstanden – er kostet nämlich immer wieder, und zwar sehr ausgiebig, beißt aber nie auch nur das kleinste Stückchen ab. Vielleicht ist sein Jagdtrieb schon ein bißchen verkümmert. Oder er ist so überfüttert, daß er keinen Appetit mehr auf Frauenfleisch hat. Ich muß dir jedenfalls sagen, daß mir sein Verhalten bis heute völlig sinnlos erscheint. Ich kann keinen Zweck darin erkennen. Allmählich frage ich mich, ob er das alles am Ende nur der Annehmlichkeit wegen tut.
Ich muß dir ins Ohr flüstern, liebste Freundin: Es ist tatsächlich eine Annehmlichkeit. Anfangs habe ich das gar nicht so bemerkt, aber es wird von Mal zu Mal erfreulicher. So sehr, daß ich es gestern gewagt habe, ihn mit den Zähnen am Ärmel zu packen und zum Bett zu ziehen. Er war etwas überrascht, verhielt sich aber durchaus wohlwollend. Zuletzt leckte er mir ausgiebig die Nasenspitze ab, was ein Anzeichen für sehr gute Laune ist.
Übrigens darfst du keineswegs annehmen, daß er aufgrund seines ungewöhnlichen Äußeren etwa roh oder herzlos wäre. Weit gefehlt! Er ist überaus empfindsam, zärtlich und liebesbedürftig. Nie werde ich die zarte Geste vergessen, mit der er mir am Morgen nach jener turbulenten Hochzeitsnacht sein Geschenk auf die Bettdecke legte. Zwar muß ich dir gestehen, daß ich seinen Liebesbeweis im ersten Augenblick nicht im vollen Umfang zu schätzen wußte – wie einfältig und zimperlich bin ich doch manchmal! Aber dann hielt ich mir vor Augen, daß er diese Ratte ganz allein für mich erlegt und mir gebracht hatte, ohne auch nur das winzigste Stückchen davon zu fressen – obwohl es eine ausgesucht fette und leckere Ratte war –, und das rührte mir doch sehr an's Herz.
Du siehst also, daß es gar nicht so schlimm ist, mit einem Scheusal verheiratet zu sein. Natürlich macht er viel Arbeit. Ich muß ihn jeden Tag kämmen und bürsten und ihm die Nägel feilen. Da ist er überaus heikel. Ein abgebrochener

Nagel ist hier eine Katastrophe! Außerdem muß ich ihn im Bad bürsten, ihm die Mähne waschen, ihn sorgfältig trockenrubbeln und auf seine Ohren achten, die sehr empfindlich und für Erkältungen und Ungeziefer anfällig sind.
Trotzdem könnte diese Arbeit rasch erledigt sein, wenn er meine Bemühungen nicht immer wieder zunichte machen würde! Kaum habe ich ihn einigermaßen glattgebürstet, gerät er in verspielte Stimmung und will ins Bett. Nachher ist er dann so verschwitzt und verfilzt, daß ich mit dem Baden und Bürsten von vorne anfangen muß. Ja, wie sagt man doch: A womans work is never done.
Natürlich wußte ich schon von meinem lieben Herrn Vater her, daß alle Männer ihre kleinen Schrullen und Spleens haben, denen man als friedliebende Frau besser nachgibt, und mein Gatte macht da keine Ausnahme. Beispielsweise ist er sehr mäkelig beim Essen. Vom Gekochten hält er gar nichts, alles muß recht frisch sein und wird deshalb erst bei Tisch zubereitet. Bei den Fischen – die er sehr gerne mag – kann ich mich noch daran gewöhnen, aber die Hühner! Dieses hysterische Gegacker und Geflatter, und dann die Haufen von blutigen Federn – die übrigens sehr mühsam wegzuputzen sind, da sie sich überall hinter den Möbelstücken verkriechen.
Da wir gerade von Möbelstücken reden: Unsere Wandteppiche, Sofas, Diwans, Chaiselonguen und gepolsterten Sessel sind zwar ausnahmslos alt und kostbar, aber nach allem, was ich dir über das Wesen meines Gatten erzählt habe, kannst du dir vorstellen, wie sie aussehen!
Nun muß ich aber diesen Brief schließen. Mein Gatte wird bald heimkommen, und heute bin ich an der Reihe, mir eine Seite aus dem silbernen Büchlein aussuchen zu dürfen! Wir machen das jetzt täglich abwechselnd, was ich sehr tolerant und rücksichtsvoll von ihm finde. Ich glaube, ich werde Seite 27 nehmen, deren Inhalt ich dir aber nun wirklich nicht in Einzelheiten beschreiben kann.
Es grüßt und küßt dich, deine dich liebende Freundin Lucinde.

BLUT UND ROSEN

Das Bild faszinierte Erin bereits in dem Augenblick, in dem sie die Umhüllung aus schwarzem Seidenpapier öffnete; ja, sie spürte, wie ihr einen Augenblick lang alles Blut ins Herz schoß, als hätte sie das Foto eines Geliebten betrachtet. Ein scharfes Prickeln brannte auf ihrer Haut, und ihre Handflächen wurden feucht.

Es war jedoch das Porträt einer Frau, einer überaus lieblichen jungen Frau, die nach der Mode eines längst vergangenen Jahrhunderts gekleidet war. Ihr enganschließendes, von Juwelen glitzerndes Häubchen, der steife Spitzenkragen und das zur Wespentaille geschnürte Mieder ließen Erin auf das Elisabethanische Zeitalter tippen. Das Gesicht war rund, mädchenhaft und nachdenklich. Die kirschförmigen dunklen Augen verrieten eine lebhafte Intelligenz, der schöne Mund sinnliches Feuer.

Erin spürte, wie ihr das Herz in den Schlagadern klopfte. Sie fühlte sich heiß und benommen, als hätte sie auf nüchternen Magen getrunken. Das Papier des Drucks schien in ihren Fingern zu knistern und zu flattern, als hätte es eine unsichtbare Flamme erfaßt. Es dauerte eine Weile, bis sie sich dem Begleitschreiben zuwenden konnte. Schon das malvenfarbene Kuvert roch nach Geld. Teures Papier. Zierliche Schrift. Arrogante Formulierungen.

Ein Eilauftrag. Mit einem ganz erstaunlich fetten Scheck als Beilage. Die Auftraggeberin wünschte ein lebensgroßes Porträt nach dem Druck, den Erin in Händen hielt. Es sollte ein Geburtstagsgeschenk für eine Freundin sein, deshalb war es so eilig – knapp eine Woche blieb ihr noch Zeit.

Das alles war nicht weiter ungewöhnlich. Erin lebte davon, daß sie Porträts malte. Manche Kunden standen ihr persönlich Modell, aber die meisten schickten einfach ein Foto. Viele dieser Porträts waren als Geschenke gedacht, und viele Auftraggeber hatten es eilig.

Erin lächelte plötzlich. Nun, warum nicht. Sie würde sich sofort an die Arbeit machen. Dieses Gesicht zu malen war schließlich etwas ganz anderes, als blaugefärbte Hofratswitwen und pensionierte Kommerzialräte abzupinseln. Sie

klemmte den Druck an die Staffelei und begann mit ungewohntem Eifer zu arbeiten.
Sie spürte sofort, daß dieses Bild etwas Besonderes sein würde. Kaum hatte sie den ersten Strich auf die Leinwand gesetzt, wußte sie, daß es gut würde. Und mit jedem weiteren Strich wuchs ihre Überzeugung, daß es mehr als nur gut wurde. Vielleicht gelang es ihr zum erstenmal, etwas zu malen, das mehr war als nur platteste Gebrauchskunst.
Eine heiße Welle schoß durch ihre Adern. Sie fühlte sich so wunderlich, daß sie einen flüchtigen Augenblick lang dachte, sie hätte sich eine Erkältung geholt. Nur das nicht! Sie durfte jetzt nicht krank sein. Sie mußte dieses Bild malen. Sie würde ein heißes Bad nehmen, einen Tee mit Rum trinken und die Heizung höherdrehen – das brachte das Blut in Wallung und vertrieb die Kälte aus ihren Knochen.
»Bis gleich«, flüsterte sie dem kleinen Stück Papier zu, das an ihrer Staffelei hing. Die dunklen Kirschenaugen schienen sie geradewegs anzublicken. Der kleine Mund lächelte – ein Lächeln, das nicht nach außen gerichtet war, sondern nach innen.
Noch nie hatte Erin ein Bad so genossen. Es war, als belebten sich Bereiche in ihr, die so lange gefroren gewesen waren, daß sie von ihrer Existenz keine Kenntnis mehr hatte. Arktische Kontinente, die seit Ewigkeiten keine Expedition mehr gesehen hatten. Tief in ihrem Körper erwachten vergessene Nerven zum Leben. Blut pumpte durch schlummernde Labyrinthe. Verschlafene Lymphe begannen von Neuem zu fließen. Sie spürte seit langer Zeit wieder, daß ihr Körper voll Blut und Leben war.
Sie kehrte ins Zimmer zurück, nackt, dampfend und rosig, und warf sich lässig einen Kimono um. Nein, was sie da spürte, war keine keimende Krankheit. Es war eine Art Schwips – eine feurige Euphorie, die sich, im Becken beginnend, in den ganzen Körper ausbreitete. Jeder Herzschlag war wie ein Weckruf.
Kein Wunder – eine interessante Arbeit, ein fetter Scheck, das war es, was sie gebraucht hatte. Und die Arbeit *war*

interessant. Nie hatte ein Gesicht sie so fasziniert wie dieses. Selbst noch auf dem kleinen, schwarzweißen Druck strahlte es eine Kraft aus, die beinahe unheimlich wirkte. Und je weiter die Skizze fortschritt, die Erin mit ungewohnt raschen und sicheren Strichen auf die weiße Leinwand warf, desto fühlbarer wurde diese Kraft, als spürte das Bild, daß es wuchs – daß es eine neue und lebendigere Gestalt annahm.
Die Stunden verflogen, draußen wurde es erst dämmrig, dann dunkel. Die Geräusche der Stadt veränderten sich, wurden von Taggeräuschen zu Nachtgeräuschen. Während Erin arbeitete, war ihr zuweilen zumute, als befinde sich außer ihr noch jemand im Studio. Sie kannte dieses Gefühl von anderen langen, einsamen Arbeitsstunden am späten Abend. Aber diesmal war es anders, drängender, leibhaftiger. Sie fühlte die fremde Gegenwart so nahe, daß sie sich mehr als einmal umdrehte und erstaunt war, wenn sie nichts weiter vor Augen hatte als die kahle Unordnung ihres Studios. Es hätte sie nicht gewundert, hätte sie die Frau da sitzen gesehen – auf einem schwarzen Stahlrohr-Klappstuhl, der einen skurrilen Kontrast zu ihrem üppig gebauschten, bunt bestickten Rock bildete, ihren kostbaren roten Lederstiefelchen, ihren zarten weißen Kinderhänden, die sittsam gefaltet im Schoß lagen.
Das Bild gewann so rasch Gestalt, daß sie sich selbst wunderte, als sie die Skizze fertig auf der Leinwand sah. Hatte sie das wirklich gezeichnet? Oder war es einfach dort erschienen, wie von Zauberhand entworfen? Sie lachte bitter bei dem Gedanken, daß sie ihr eigenes Werk nicht wiedererkannte, wenn es ihr einmal gelang, gute Arbeit zu leisten. Zu viele Hofratswitwen, zu viele Erstkommunionkinder, zu viele grauhaarige Seniorchefs. Zuweilen hatte sie sich so weit entwürdigen lassen, daß sie Chihuahuas und Perserkatzen malte. Aber das hier ... das war kein Gepinsel. Das war ihr Meisterwerk.
Sie begann die Farben auf die zarte schwarzweiße Skizze zu setzen, und ein Schauder durchrann sie, als fühlte das Bild, daß es nun wirklich zu leben begann. Erste kühne, kraftvoll

hingeworfene Formen nahmen Gestalt an. Farbtupfer glühten auf der Leinwand wie Blutstropfen im Schnee. Weiß wie Schnee, rot wie Blut, schwarz wie Ebenholz.
Erin arbeitete mit einem Eifer, wie sie ihn schon seit Jahren nicht mehr an den Tag gelegt hatte, und mitten in diesem Arbeitsrausch überfiel sie ein sonderbarer Gedanke. Sie schüttelte ihn erst ab, so skurril war er, aber er kehrte wieder, hartnäckig wie ein Nachtfalter, der sie umschwirrte. Sie schüttelte den Kopf. Nein, das war lächerlich. Bekam sie am Ende doch Fieber? Aber der Nachtfalter kehrte zurück, so oft sie ihn auch fortscheuchte; er setzte sich schwarz und pelzig auf ihre Schulter und funkelte sie aus glänzenden Totenkopfaugen an. Und warum auch nicht? Sie war schließlich allein. Wer konnte ihr verbieten, nackt zu malen, wenn ihr danach zumute war?
Sie kontrollierte in mädchenhafter Ängstlichkeit noch einmal, ob die fest verschlossene Türe auch wirklich versperrt war. Dann legte sie ihren Kimono ab, hakte den Büstenhalter auf, rollte den Slip über die etwas zu üppigen Oberschenkel hinab. Sie war eine nett aussehende Frau, blond, vollbusig, mit einem runden Hinterteil, das einmal viele anerkennende Blicke auf sich gezogen hatte. Jetzt wirkte alles an ihr welk. Es lag nicht am Alter – es lag einfach daran, daß ihr Leben in den letzten Jahren so grau und spröde wie ein Wespennest gewesen war. Öde Auftragsarbeiten, lieblos hinuntergeschlungene Styropor-Imbisse zwischendurch, zur Entspannung ein langweiliges Fernsehprogramm. Kein Wunder, daß ihr Hinterteil Knitterfalten bekam und ihr Gesicht aussah, als stünde sie unter Drogen.
Eine Welle des Widerwillens überkam sie, als sie ihre abgelegten Dessous anstarrte. Grau verwaschene, geblümte Baumwolle. Du liebe Zeit. Weit war es gekommen. Warum gönnte sie sich nicht einmal etwas Besseres? Einen schwarzen Samtbody, oder vielleicht etwas noch Frecheres? Spitze. Lack. Leder. Ihr Blick wanderte zu dem Bild hinüber. Was hatte man im Zeitalter der Ersten Elisabeth an Unterwäsche getragen? Sicher keine ausgeleierte, vergißmeinnicht-geblümte Baumwolle.

Sie lachte beschwipst, hielt dann in jäher, unbehaglicher Scham die Hände vor den Leib.
Das Bild sah sie an. Es war, als hätte in der Tiefe der runden, dunklen Augen etwas zu leben begonnen – ein winziges Pünktchen, so feurig wie ein Glühwürmchen in einer Sommernacht ... und auch so giftig grün. Nichts daran regte sich, und doch sah es aus, als hätten die Mundwinkel sich über den perlweißen Zähnchen geöffnet und dann, eine Zehntelsekunde, bevor Erins Blick sie erreichte, wieder geschlossen.
Erin fröstelte, und einen Augenblick drohte der Zauber zu brechen, aber da war der Nachtfalter schon wieder da, saß federleicht auf ihrer Schulter und starrte sie aus samtschwarzen, glühenden Augen voller Geheimnisse an. Die warme Welle überschwemmte sie von neuem. Sie mußte daran denken, was jemand einmal über Cannabis gesagt hatte: Es ändert die Wege des Lebens nicht, aber es bestreut sie mit Rosen. Nun, irgend etwas hatte Erins Lebenswege mit Rosen bestreut. Faustgroßen, scharlachroten, betäubend duftenden Rosen. Sie richtete sich auf, warf das lange blonde Haar zurück und schritt nackt vor die Staffelei.
»Zufrieden?« fragte sie das kleine Stück Papier, das leise flatternd am oberen Rand der Staffelei hing. War es die Lust an der Arbeit, oder war es etwas an diesem Gesicht – sie spürte ihren Körper wie nie zuvor, von den rosigen Zehen angefangen über die warme, säuerlich duftende Muschel bis hinauf zu den prickelnden Ohren, die sich anfühlten, als hätte sie jemand gerieben. Ihr Haar war elektrisch; es knisterte um ihr Gesicht und klebte an ihren Wangen. Der Wind strich zum offenen Fenster herein und streichelte ihre Schultern, als berührte sie eine unsichtbare Hand.
Der Teil von ihr, den der Nachtfalter noch nicht erreicht hatte, malte ein großes Fragezeichen in ihren Verstand, aber während sie weiterarbeitete, wurde dieses Fragezeichen immer kleiner und kleiner. Sie kam gut voran. Das Häubchen, mit weißen und roten Juwelen bestickt, nahm unter ihrem Pinsel Gestalt an, der Silberkragen, die gefältelten Ärmel, das Schnürmieder. Das Gesicht hatte sie vorerst nur

umrißhaft angedeutet. Das würde sie morgen malen. Jetzt spürte sie, daß sie müde war.
Eine Teil von ihr reagierte mit Widerwillen, als sie sich entschied, für heute Schluß zu machen und am Morgen weiterzuarbeiten. Etwas in ihr drängte, lockte, drohte, versprach. Aber Erin war zu lange Malerin gewesen, um nicht zu wissen, daß diese fiebrigen Nachtarbeiten nichts brachten. Was sie jetzt malte, würde ihr großartig vorkommen, aber es war, als malte man unter Drogen. Im nüchternen Licht des Tages würde sie feststellen, daß sie gepfuscht hatte. Lieber ließ sie es gleich bleiben.
Der Nachtfalter widersprach, putschte sie auf, trieb ihr heiße und kalte Schauder über den Körper, drohte mit einer schlaflosen Nacht. Aber sie trickste ihn aus, indem sie eine halbe Schlaftablette in einem Glas Wein hinunterspülte. Eine halbe Stunde später lag sie fest schlafend im Bett, eine Hand auf den rundlichen Brüsten, die andere zwischen den Beinen.
Ihr Schlaf war beklommen und dunkel wie ein vermauerter Raum, aber durch diesen Kerker huschte der Nachtfalter, und einmal sah sie ihn ganz klar und deutlich in einem Winkel des finsteren Gewölbes hocken. Seine pelzigen Füße ruhten auf einem Berg trockener Totengebeine, und seine Samtflügel – mit der Spannweite eines Kondors – regten sich leise und strömten einen dumpfen Geruch nach geronnenem Blut und verrotteten Rosen aus.
Am Morgen erwachte sie, wie sie immer erwachte, wenn sie sich mit Wein und Schlaftabletten ins Nichts geknüppelt hatte. Ihr Kopf brummte, ihre Augen tränten, ihre Finger rochen fischig nach Aktivitäten im Halbschlaf. Sie kroch mürrisch aus dem Bett, dachte an ein heißes Bad, Alka Seltzer, schwarzen Kaffee.
Und dann fiel ihr Blick auf das halbfertige Gemälde, und es war, als hätte sie eine lange Linie Kokain geschnupft. In ihrem Kopf dröhnte ein Gong, und im selben Augenblick war das hämmernde Kopfweh verstummt, das saure Brennen im Magen verschwunden. Eine Welle von Süße und Wärme durchflutete sie. Mit zitternden Händen griff sie

nach Pinsel und Palette. Das liebliche Gesicht auf der Leinwand lächelte ihr ein zärtliches Guten Morgen zu.
Sie lächelte zurück.
Die nächsten Stunden wurden für Erin zu einem Austausch von Zärtlichkeiten. Ihr Pinsel liebkoste die zartrosa Wangen, die blühenden Lippen, den runden Hals. Die Antwort kam in Form einer Aufmerksamkeit, die sie wie spukhafte Küsse über ihren Körper hinhuschen fühlte – es war, als berührten diese Lippen die ihren, als schmiegte sich eine Wange an die ihre, als streifte eine weiße, kindliche Hand ihren Hals.
Vor allem aber spürte sie das Blut in den Adern, den süßen roten Strom, der in ruheloser Gleichförmigkeit ihren Körper durchkreiste, wie die Ströme Styx und Acheron die Unterwelt umkreisen. Sie fühlte das Zucken ihres eigenen Herzens, als hielte sie es in der Hand. Ihre Muschel – jahrelang eine welke, verdrießliche Blüte – lebte unvermutet auf. Blut klopfte in den zarten Rändern der Schamlippen, Feuchtigkeit dampfte darauf wie der Tau auf Orchideenblättern.
Und dann malte sie die Augen, Kirschenaugen, von einem dunkelglühenden Glanz erfüllt, der sich unter der Oberfläche verbarg wie das Feuer in einem Rubin.
Der Nachtfalter wisperte ihr ins Ohr, und sie gehorchte wie berauscht seinem Drängen. Sie streckte sich auf dem Sofa, winkelte ein Bein über die Lehne, streckte das andere zu Boden und ließ die leuchtenden Augen des Bildes zusehen, wie ihre Finger mit den runzligen rosafarbenen Blättern der Schamlippen spielten. Saft quoll in die Falten zwischen Schenkeln und Scham. Sie wischte ihn mit der Hand weg und leckte die Finger ab. Ihr Körper bebte in einem schweren, vollen Orgasmus, der im Beckenboden begann und sie durchrüttelte wie eine Marionette.
Erin seufzte mit geschlossenen Augen. Wann hatte sie so etwas zuletzt erlebt? Es mußte Jahre her sein. Was sich bislang abgespielt hatte, war liebloses Gewichse gewesen, wenn das Ding zu lästig wurde und ruhiggestellt werden mußte; ein greinendes Kind, dem man eine billige Süßigkeit in den Mund stopft.
Wieder wisperte der Nachtfalter.

Erin scheuchte ihn weg, ließ ihn wieder herankommen, lauschte seinem Geflüster. Sie sah das Bild an, und wäre die Farbe nicht noch feucht gewesen, so hätte sie es geküßt. Statt dessen ging sie zum Telefon und rief eine Freundin an.
Tina schien etwas Merkwürdiges an ihrer Stimme aufzufallen, denn sie fragte: »He, du bist doch nicht um drei Uhr nachmittags betrunken?«, aber sie war gerne bereit, auf ein Schwätzchen vorbeizukommen.
Erin eilte ins Bad. Sie duschte sich, wusch das Haar, tupfte ein unauffälliges Parfüm hinter die Ohren. Tina war für so ziemlich alles zu haben, aber nicht mit einer Frau, die aussah, als hätte sie die ganze Nacht lang Opium geraucht und Champagner getrunken. Die Erregung ließ ein wenig nach, aber Erin fühlte, daß sie noch da war, wie ein Rausch ebbt und flutet. Sie sparte nur ihre Kräfte, um voll da zu sein, wenn Tina auftauchte ... Tina, jung, hübsch, jedem extravaganten Experiment zugetan. Tina war nicht übermäßig hell, und sie war vollgestopft mit Horror- und Sexcomics, aber sie sagte zu allem Ja und Amen, solange man es ihr als Selbstverwirklichung verkaufte.
Tina tauchte pünktlich auf, und Erin war zumute, als hätte sie plötzlich andere Sinne bekommen: Sie roch und fühlte Tinas Körper, roch den Schweiß unter ihren Achseln, die Feuchtigkeit in ihrer Muschel, das pikante Parfüm an ihren Ohrläppchen. Wie Geisterfinger tasteten ihre Sinne sich die strammen Schenkel entlang, über den Bauch, die Busenwölbung, bis an den rosig geöffneten und mit pinkfarbenem Lippenstift übermalten Mund. Erin fühlte, wie das Blut in Tinas Hals klopfte. Sie schmeckte das Blut in Tinas Adern. Sie stellte sich vor, wie das Blut in hohem Bogen aus diesen Adern spritzte. Sie fühlte ihr pochendes Herz in der Hand.
Tina platzte herein wie gewöhnlich, ohne sich mit Höflichkeiten aufzuhalten, und im nächsten Augenblick klatschte sie in die Hände und kreischte auf: »Ich werd' verrückt! Wieso malst du die Blutgräfin?«
»Wieso mal ich wen?« Erin spürte, wie ihre Knie zitterten, als wäre sie aus großer Höhe heruntergesprungen. Etwas

durchfuhr sie wie ein Windstoß, der durch ihren Kopf pfiff.
»Na klar ist sie das«, fuhr Tina fort. »Ich kenn das Bild. Hab ich mal in einem Horror-Magazin gesehen. Sie hieß Erszebeth Bathory, und sie war eine ungarische Gräfin im 16. Jahrhundert. Menschenskind, weißt du, was die gemacht hat? Sechshundertzehn Dienstmädchen hat sie erstmal vernascht und dann so *peu à peu* abgeschlachtet und in ihrem Blut gebadet, um immer jung und schön zu bleiben.«
Erin starrte sie ungläubig an. Ihr Blick glitt zu dem Bild hinüber, das süß und verhalten in sich hineinlächelte. »Das gibt's doch nicht.«
»Ja, das haben die damals auch gedacht«, plapperte Tina, während sie eifrig nach ihren Zigaretten kramte. »Deshalb konnte sie's ja so lang treiben. Aber irgendwann haben sie sie doch drangekriegt, und König Matthias ließ sie in ihrem Schlafzimmer einmauern. Dreieinhalb Jahre hat sie noch so gelebt, im Finstern und völlig allein, bevor sie starb.«
Der Nachtfalter auf Erins Schulter ließ ein leises Seufzen hören. Sie blickte das Gemälde an. Es lächelte unverwandt vor sich hin.
Erin tauchte den Pinsel in die schwarze Farbe, holte aus und kleckste voll auf das liebliche Gesicht.
»He, bist du beknackt?« rief Tina. »Das war das erste gute Bild, das du gemalt hast. Es sah beinahe lebendig aus. Ich bin richtig erschrocken, als ich es sah.«
Erin gab keine Antwort. Sie fror. Sie sah sich im Geist an ihrem Tisch sitzen und den Brief der fremden Frau beantworten: Ich bedaure, Ihren Auftrag ablehnen zu müssen, da ich zur Zeit mit Arbeit überhäuft bin ...
»Wolltest du eigentlich was Bestimmtes von mir?« fragte Tina, die sich ungeniert an der Hausbar zu schaffen machte.
»Wie?« Erin schreckte hoch. »Nein. Nein, überhaupt nichts Bestimmtes ... nur ein bißchen Gesellschaft. Ich fühle mich einsam.«
Ich war auch einsam, flüsterte der Nachtfalter an ihrem Ohr. *Ich starb in der Abenddämmerung, von allen verlassen.*
Dann flog er fort.

DIE OPFERJUNGFRAU

In der Nacht, nach einem üppigen Langustenessen und mehreren Gläsern Bacardi Rum, träumte eine bislang unbescholtene Billigreisen-Touristin:
Sie stand an einem Meeresstrand, da kam plötzlich eine bleiche, krabbenartige Hand an einem endlos langen Arm aus dem Wasser hervor und tastete wie mit suchenden Fingern auf dem Sand hin und her. Und seltsamerweise fühlte sie sich von diesem Traumgespinst nicht erschreckt, sondern empfand eine unerwartete Sehnsucht, sich der Hand zu nähern und sich von ihr ergreifen und in die Tiefe hinabziehen zu lassen. Wie eine freundliche Geste erschien ihr das Krabbeln und Tasten der gespenstischen Finger, wie eine Botschaft aus dem gleichmäßig rollenden Meer, das Woge um Woge in den elfenbeinernen Sand warf. Dort unten, schien es ihr, würde sie Ruhe finden – Ruhe von aller Anstrengung und allen Sorgen, allen Ängsten und Widerwärtigkeiten.
Sie befand sich an einer flachen, vom Licht eines riesigen roten Mondes trübe erleuchteten Küste. Das Meer war grün wie Flaschenglas und von langen Tanggirlanden durchwoben, die fedrig rote Blütenbüschel trugen. Sie hoben und senkten sich wie riesenhafte exotische Raupen im Rhythmus der Wellen. Zwischen ihnen spielten schwimmende Wesen: Welcher Art und Gestalt sie waren, war im rubinroten Zwielicht und den ständig wechselnden Schatten der Wellen nicht auszunehmen, aber sie waren ungefähr so groß wie Menschen und hatten vier Glieder (und zuweilen ein fünftes, das reptilienartig über die Hinterbacken herabhing). Manche waren schwarz wie Tinte, manche hell, und einige hell und dunkel zugleich – wie das schlanke leopardengefleckte Wesen, das ganz in ihrer Nähe auf den trägen Wellen ritt.
In ihrem Traum stand sie nackt an diesem Strand, und vier schattenhafte alte Leute legten ihr einen grünspanigen Insulanerschmuck an. Sie schlossen die groben gebuckelten Reifen aus dunklem Metall und tropisch glühenden Steinen an ihre Knöchel und Handgelenke. Runzlige Hände schlan-

gen einen schweren juwelenbesetzten Gurt um ihre entblößte Hüfte und schnallten ihn fest. Greisenfinger glitten über ihre Schultern, als sie die massive Halskette um ihren Nacken legten und zuhakten. Zuletzt setzte man ihr den Kopfschmuck auf, den schweren Helm aus altersschwarzem Silber und bleichen Perlen. Sie spürte, wie der Stirnreif in ihre Stirn schnitt und die Ohrgehänge an ihren Ohren rasselten und klapperten. Dann gab der Oberpriester das Zeichen, und sie schritt ins Wasser.

Es schäumte warm um ihre Knöchel, als sie den ersten Schritt hinein tat. Ihre weißen Füße verschwanden in der dunklen, von rötlichem Mondlicht beschienenen Flut. Unter ihren Sohlen senkte sich weißer, wie Reis perlender Sand voll kleiner Muschelscherben. Tang glitt vorbei und berührte sie mit verstohlener Liebkosung. Als sie weiterschritt, reichte das Wasser bis zu ihren Schenkeln hinauf und benäßte sie mit seiner öligen Wärme: Die Flut war tropisch warm und schwer wie Gallert, in den Wellen pulsierte noch die Kraft der Tiefe, der sie entsprangen, aber sie pulsierte langsam. In schwerfälliger Umarmung kamen sie heran, schlangen sich gestaltlos um ihre Schenkel und Knie und leckten mit blitzschnellen unsichtbaren Zungen an den noch trockenen Innenseiten ihrer Schenkel entlang. Ein nasser Kuß berührte ihre Muschel und rann ab, ehe sie ihn noch richtig gefühlt hatte. Die nächste Welle leckte mit breiter warmer Zunge darüber hin, einen Augenblick lang, bevor sie einen Schritt weiter bis zum Bauch in die Flut tauchte und in ihrer alles in Besitz nehmenden nächtlichen Masse versank.

Nun gehörte sie dem Wasser – es drang ohne Widerstand in sie ein, umspülte sie, wiegte ihr Fleisch in seinen nachtdunklen Armen; es besaß sie und ließ sie los. Zur Hälfte in seiner Umarmung versunken, zur Hälfte noch frei stand sie da und sah sich nach den Wesen um, die in den Wellen sprangen.

Das schlanke Leopardenfleckige war ihr das nächste; es schwamm neugierig an sie heran und verharrte, auf den Wellen ausgebreitet und mit ihnen treibend. Seine Augen

glommen dunkelgolden im roten Mondlicht. Es kam näher, schwamm um sie herum, beäugte sie von allen Seiten. Plötzlich tauchte es wie im Spiel und fuhr so knapp vor ihr wieder aus den Fluten empor, daß sie unwillkürlich die Hände auf seine nassen Schultern legte. Es war wie ein Mann – ein wenig; mehr war es wie ein Tier, großäugig und geschmeidig. Sie machte einen Schritt auf den Strand zu, da schwamm es ihr eilig nach und um sie herum und versuchte sie abzudrängen, auf eine kleine Bucht zu, wo die Wellen in kaum fühlbarer sanfter Bewegung den Strand erklommen und wieder an ihm herabglitten. Es brachte einen lan-

gen Ast von grünen Tang herbei und drapierte ihn spielerisch um ihre nackten Schultern, so daß das Wasser über ihre Arme und Brüste troff und die roten Federblüten sich aufrichteten, als sproßten sie aus ihr heraus.
Sie lief noch einen Schritt weiter, ließ sich auf Hände und Knie fallen. Das nasse leopardenfleckige Tier preßte sich eilig an sie. Sie hatte gefürchtet, es würde ihr weh tun, sie hatte so lange mit keinem Mann mehr geschlafen, aber sein schlankes glattes Glied glitt mühelos in sie hinein und bewegte sich im Rhythmus der Wellen, die warm und schwer über sie hinweggingen. Das Geschöpf über ihr schien sich halb schwimmend, halb kniend zu bewegen, es schaukelte mühelos hin und her, während es seinen vom Gischt triefenden Körper vorschob und wieder zurückfallen ließ. Die Frau seufzte. Warmes Wasser überschwemmte sie in Stößen, rann an ihr ab, formte kleine gischtige Wirbel an ihren Knien und Handgelenken, ehe es sich wieder in den gestaltlosen Fluten verkroch. Das Wesen hinter ihr stieß einen leisen wohligen Laut aus und preßte einen Augenblick lang die Wange an ihre – nasses Tanghaar berührte sie, kalte Lippen preßten sich zwischen Wange und Nacken auf ihren Hals.
Dann kamen die Wellen größer und schwerer und schaukelten sie in einen tiefen zufriedenen Schlaf.

DAS TURNIER

Die Automatenhalle in der Seitenstraße war halb leer; nur eine Rotte Halbstarker lungerte in einem Winkel herum und trank Coca Cola aus Dosen. Für die Maschinen, die entlang den Wänden aufgereiht standen und kuriose Namen wie ›Wundertopf‹, ›Joker‹ und ›Turnier‹ trugen, interessierte sich überhaupt nur eine einzige Person – eine zierliche ältere Frau in einem grauen Staubmantel, die eine goldgeränderte Brille trug. Keine schöne Frau, nicht einmal eine auffallende Frau. Sie sah – wie die meisten Großstadtmenschen – irgendwie verblichen aus. Um ihren kleinen schmalen Mund war ein gieriger Zug eingekerbt, der jetzt, wo sie an den Automaten spielte, noch tiefer und schärfer in ihre Mundwinkel schnitt. Am deutlichsten war er zu sehen, wenn sie – was sie nach jedem Spiel tat – zu den Burschen hinüberblickte.

Schließlich gab sie sich einen Ruck und ging auf die Gruppe zu, die Lippen zusammenbeißend wie jemand, der seinen ganzen Mut für ein Unternehmen aufwendet.

»Entschuldigen Sie!« sagte sie, auf eine plumpe schwarze Maschine deutend, die DAS TURNIER hieß, »Möchte jemand von Ihnen mit mir spielen ... es ist eine Maschine für zwei Spieler.«

Die Burschen starrten sie an. Einer löste sich aus der Gruppe und ging betont gleichgültig davon, die anderen schoben herum, beschäftigten sich mit dem Flipper, an dem sie lehnten, oder zündeten mit abgewandtem Gesicht Zigaretten an. Keiner sagte ein Wort, bis einer plötzlich den Anführer der Gruppe in die Rippen stieß und deutlich hörbar fragte: »Na, Stanley?«

Stanley drehte sich langsam um. »Na – was?«

»Du bist der Boss. Spiel mit ihr.«

Die anderen wichen Schritt um Schritt zurück, bis ein großer freier Raum rund um Stanley und die Frau mit der goldgeränderten Brille entstand.

»Okay, warum nicht?« bellte Stanley gereizt, als er die Augen der anderen auf sich gerichtet sah, abwartend, ängstlich und herausfordernd.

»Sie haben eine recht gute Chance, zu gewinnen«, sagte die Frau mit der Brille. Im Neonlicht sahen ihre Lippen aus wie vom Frost zerbissene Blütenblätter.
Stanley gab keine Antwort. Den Bund seiner schweren Lederweste herunterzerrend, ging er auf die Maschine zu, betont laut mit den Absätzen aufschlagend. Seine Partnerin folgte ihm. Jeder steckte eine Münze in den Schlitz, über dem in beleuchteten Buchstaben ›Anfang‹ stand.
Ein heiseres Rasseln zeigte an, daß der Mechanismus zu laufen begann. Stanley blickte stirnrunzelnd auf die Spielanleitung, die in einer recht merkwürdigen Weise abgefaßt war. Er verstand nur, daß er nach Aufleuchten des Startknopfes den Ablauf des Spiels anhalten oder den Einsatz verdoppeln konnte, wobei ein Bonus zu gewinnen war – ein oder je zwei weitere Chancen, je nach Punktezahl.
»Läuft!« sagte seine Begleiterin und schlug mit der flachen Hand auf den Startknopf.
In rascher Folge leuchtete eine Serie von Punkten auf, die auf einem schwarzen Feld von Position zu Position sprangen, einem System folgend, das Stanley nicht ganz verstand. Er drückte aufs Geratewohl einen Knopf mit dem Hinweis »Spiel stoppt« und beobachtete, wie die Punkte erloschen. »Bonus« stand auf der Anzeigetafel zu lesen. Stanley lächelte zufrieden und wartete ab, was seine Partnerin tun würde.
Die Frau mit der Brille stand regungslos vor dem Apparat. Sie wartete lange, während sie den herumspringenden Punkten zusah, so lange, bis es immer weniger und weniger wurden – dann sprang sie plötzlich vor und preßte beide Handflächen gegen den Halteknopf. Mit einem Knirschen hörten die letzten Punkte zu flimmern auf, der Mechanismus rasselte und stand still.
»Doppelbonus« stand auf der Anzeigentafel.
Stanley zündete eine Zigarette an und blies den Rauch durch die Zähne, während er wiederum seinen Startknopf betätigte.
»Was gewinnt man da eigentlich?« fragte er, als die Frau mit der Brille fasziniert seinem Spiel folgte.

»Oh...« sagte sie leise. »Das kommt ganz drauf an – ob Sie oder ich gewinnen.«
»Hören Sie«, sagte Stanley, der keine Neckerei vertrug, »Sie können –« Er hatte die Absicht gehabt, wegzugehen und die Frau stehen zu lassen, aber als er sich umdrehte, drängten die anderen in einem Ring um die Maschine herum und hatten die Arme über den Lederwesten verschränkt. »Zu spät jetzt, Stanley«, sagte einer von ihnen. Die anderen nickten.
Hinter ihm schepperte es. Er wandte sich rasch dem Automaten zu und konnte gerade noch rechtzeitig einen Knopf drücken, ehe der letzte Punkt flimmernd erlosch. Diesmal stand ›Verlust‹ auf der Anzeigentafel.
Während die Frau mit der Brille den Knopf drückte und ihr Spiel begann, stand Stanley, an die Mauer gelehnt, da und dachte nach, warum er keine Antwort auf seine Frage bekommen hatte. Es gab nicht viel zu verlieren an diesen Maschinen, nur Jetons oder kleine Geldsummen. Warum wollte gerade hier niemand spielen? Warum gingen sie alle zu den Flippern und Einarmigen Banditen auf der anderen Seite der Halle? Nur, weil es dort Automaten mit Bier oder Cola gab?
Er fuhr herum, als die Maschine mit einem schrillen Glockenton stoppte. Zwei Punkte flackerten noch auf der Tafel, dann verblaßten sie langsam. Hinter der schwarzglänzenden Schutzhaube rechnete ein Mechanismus die Punkte zusammen. Fünfundneunzig für Stanley, hundertzehn für die Frau mit der Brille.
»Man spielt hoch«, sagte die Frau, während ihr harter farbloser Blick sich wie ein Sensor über Stanleys Brustkorb bewegte. »Aber die Gewinnchancen sind ebenso hoch. Tut mir leid für Sie.«
Dabei legte sie Stanley eine kleine gepflegte Hand auf den Arm, und als der junge Mann um sich blickte, kamen alle seine früheren Freunde näher und blockierten den Ausgang. Er fühlte plötzlich, wie eine Woge eiskalter Angst in ihm aufbrandete.

»Was heißt –« brüllte er.
Einer zuckte die Achseln. »War so ausgemacht, Stanley. Du hast ebenso gute Chancen gehabt wie sie.«
Die Frau mit der Brille nickte. »Genausogut«, sagte sie sanft, »könnte ich jetzt Ihnen gehören. Kommen Sie mit.«
Und Stanley, der mit gesenktem Kopf hinter ihr her zum Ausgang trottete, blieb nur ein einziger Trost: Er hätte an eine schlimmere Herrin kommen können als an die freundliche ältere Frau mit der Brille, die im Hinausgehen sagte: »Sie haben nichts zu befürchten, Stanley. Es wird Ihnen bei mir gutgehen.«

DAS KIND, DAS SEINE PUPPE HASSTE

Ich will dir eine Geschichte erzählen, mein Freund, um dir die Zeit zu vertreiben, denn noch haben wir beide die ganze Nacht vor uns. Nun, wo das letzte Schloß zugeschnappt und die letzte Riemenschnalle festgezogen ist, nun, wo du mir nicht mehr entkommen kannst, werde ich dir meine Geschichte erzählen. Sie wird dich interessieren, denn sie handelt von einem Jungen wie dir.

Er war so schön wie du, so käuflich wie du, so falsch wie du; eine glänzende Porzellanpuppe von einem Mann, das zarte Gesicht mit Make-up lackiert, die Augen zwei grüne Seen zwischen Ufern aus Mascara, seidenschimmernde Beine, so lange, daß sich von den Zehen bis zur Hüfte der Blick in der Ferne verlor. Ich habe seinen Namen vergessen, irgendetwas mit W und A war es, Walter oder Wolfgang oder Wanda – nein, Wanda nicht, Wanda war jemand anderer, den ich früher kannte. Meine erste Puppe, um genau zu sein. Ein schönes Ding, zu teuer, um es einem kleinen Mädchen zu schenken, speziell einem kleinen Mädchen wie mir, das eine ganz andere Puppe verdient gehabt hätte ... eine in Schneewittchenfarben, weiß wie Schnee das Haar, rot wie Blut die Augen, schwarz wie Ebenholz das Gesicht. So eine hätte ich gerne gehabt. Aber Wanda, die herrliche Wanda war ein kaltes Geschöpf, eine glänzende Porzellanpuppe, die Augen zwei grüne Seen zwischen wimpernbestandenen Ufern ... Sie paßte nicht zu mir, deshalb – nun, deshalb habe ich es getan.

Ich mußte es heimlich tun, denn meine Eltern wären ausnehmend zornig gewesen, hätten sie jemals erfahren, daß Wanda nicht (wie ich ihnen zu verstehen gab) auf einer Zugfahrt aus dem Fenster gefallen und tiefbetrauert verschwunden war. Verschwunden war sie durchaus – aber in einem Kanalloch, dem schwärzesten, nassesten, übelriechendsten Kanalloch, das ich ausfindig machen konnte. Hast du gewußt, daß in Wien ein Kanalloch nicht einfach ein Loch ist, sondern der Einstieg in eine andere Welt? Jedes Scheißhaus, jeder Kanaldeckel ist hier die Pforte in ein Schattenreich, von dem die meisten nichts ahnen. Sie wan-

dern unbeschwert auf der dünnen Eisdecke unserer Straßen, während es zu ihren Füßen gähnt. Stockwerke tief. Eiserne Wendeltreppen führen an verstohlenen Stellen hinunter in rauschende Hallen, Bogengewölbe, Treppen, Balkone, die über strudelnde Nachtseen hinausragen. Bergwerksgänge, die abrupt am Ufer onyxschwarzer Orkusbäche enden. Rattenreiche, in denen schon das Berühren einer Wand den Tod bedeuten kann, weil die unsichtbaren Spuren der Pestträger alles vergiften. Oja, mein Schöner, es ist ein schauriges Reich da unten. Wohl denen, die im Licht des Tages wandeln.
Aber eigentlich wollte ich dir ja von meiner Puppe erzählen. Wie ich sie durch das massive Gitter gebracht habe? Ganz einfach. Ich demontierte sie. Ich schnitt mit meinem Messerchen die Gummibänder durch, die die Arme und Beine am Rumpf festhielten, und dann das Gummiband, das den Kopf an den Nacken fesselte. So zerfiel sie ins sechs handliche Teile, und ich hatte nichts weiter zu tun, als die Teile nochmals in Teile zu teilen, jedes mit einem sauberen Axthieb in der Mitte hindurch. Den Kopf zerstückelte ich auf eine etwas raffiniertere Weise – das hatte er verdient, meine ich, Kopf ist schließlich Kopf, und diese grünen Augen hatten mich schon eine ganze Weile gestört. Ich schälte sie mit der Messerspitze aus den Höhlen, nachdem ich das Haar teils abgeschnitten, teils ausgerupft hatte. Die Ohren lohnten sich kaum, aber die zierliche Nasenspitze trennte ich noch einmal mit einem kurzen Extraschnitt ab, so daß man durch die Nasenhöhle ins hohle Innere des Kopfes blicken konnte. Es dauerte lange, aber ich hatte ja Zeit, und ich muß sagen, ich beeilte mich nicht. Ich habe gerne viel Zeit für alles, was ich mir vornehme.
Deshalb habe ich dich für eine ganze Nacht eingeladen, mein Schöner. Ich hetze mich ungern, und – nun, es ist einfach viel Arbeit, das kannst du mir glauben. Ich erinnere mich, wie mühsam es war, die porzellanenen Händchen und Füßchen in kleine Bröckchen zu zerklopfen. Sie spritzten nach allen Seiten davon, und das Geräusch war sehr

häßlich. Ich mußte eine ganze Weile hämmern und klopfen, bis ich sie pulverisiert hatte und den Staub den restlichen

Teilen hinterherstreute, in das schwarze Kanalloch hinunter. Du hast keine Vorstellung, wie schauerlich diese Kanallöcher sind. Die Luft dort beklemmt die Lungen, kalt, kalkig, vom Geruch der Fäkalienbäche durchtränkt – wie die Dünste in uralten Grüften. Es würde einen gar nicht wundern, da und dort menschliche Überreste zu finden. Nun, um präzise zu sein, hin und wieder hat man tatsächlich welche gefunden ... ein paar davon, glaube ich, befinden sich heute im Gerichtsmedizinischen Institut. Aber andere sind nie gefunden wurden, und man wird sie – davon bin ich überzeugt – auch niemals finden.

Langweilt dich die Geschichte? Du windest dich so unruhig in den Riemen und Ketten, die deine Glieder umspannen. Du möchtest zu spielen anfangen, nicht wahr, du möchtest deine Lust und Befriedigung finden, und ich sitze hier und erzähle dir eine lange alte Geschichte ... Nun, vielleicht ist sie langweilig, aber ich war ein kleines Mädchen, und ich zog damals eine gewisse Befriedigung daraus, eine so verhaßte schöne Puppe in ein Kanalloch zu stecken.

Ich stellte mir vor, wie ihre schneeweißen Trümmer in die Tiefe hinunterfielen und dort unten im pechschwarzen Dunkel in den Rachen von Salamandern und Krokodilen landeten. Ich stellte mir vor, wie ihr augenloser, haarloser Kopf dort hinabplumpste und mit dem Mund voll Scheiße im Abgrund versank und die Ratten ihren Rumpf davonschleppten, um darin Nester für ihre Jungen zu bauen ... Ja, es war ein Erlebnis, und in gewisser Weise hat es mich fürs Leben geprägt. Ich habe oft daran gedacht, dasselbe noch mal zu tun.

Natürlich kriegt man einen kompletten Jungen nicht so leicht ins Kanalloch wie eine Porzellanpuppe, aber wenn man ein scharfes Messer und viel Zeit hat, klappt es durchaus. Und Zeit haben wir beide ja, nicht wahr, mein schöner Freund?

Sie haben ihn damals nicht mal gefunden. Ich denke, die Ratten haben ihren Jungen ein Nest in seinen bleichen Rippen gebaut, und irgendwo in der Finsternis liegt sein

zartes Gesicht und lächelt starr in die unterirdische Nacht, und das Moos der Kanäle überzieht es wie grünes Make-up. Jetzt aber laß mich vor dir niederknien und deine gefesselten Beine streicheln, die so lang sind, daß sich der Blick von den Zehen bis zur Hüfte in der Ferne verliert. Laß mich deine porzellanglatten Glieder liebkosen. Laß mich mit dir spielen, mein hilfloser Freund.
Ich werde ihnen sagen, du wärst während einer Zugfahrt aus dem Fenster gefallen und spurlos verschwunden.

DER VAMPYR

–1–

Ich träumte:
Ich ging einen völlig verlassenen, bleifarbenen Strand entlang, in den sich da und dort lange hölzerne Stege hineinschoben. Am Himmel häuften sich bedrohlich aussehende Wolken. Ein Gefühl dumpfer Beklommenheit hielt mich umfangen, ich ging rascher und rascher, fühlte aber, wie der Sand meine Füße hinabzog und mein Weiterkommen erschwerte. Allmählich wurde mir bewußt, daß es die Wolken waren, die dieses Gefühl der Furcht in mir hervorriefen – sie hatten etwas von einem schwerfälligen, ungestalten, aber mit einer bösartig lauernden Intelligenz ausgestatteten Wesen an sich, das mich beobachtete. Mit bösen Absichten beobachtete, wie ich fühlte.

Die Angst übermannte mich, und plötzlich begann ich, wie von einem Peitschenhieb auf den Rücken angetrieben, zu rennen.

Es fiel mir schwer; schon nach kurzer Zeit zitterten meine Knie und Knöchel, meine brennenden Glieder erschlafften, ich rang mühsam nach Atem und sah feurige rote Fleckchen, die blitzend vor meinen Augen herumsprangen. Mit einem Mal fiel ich hin. Und obwohl ich nun wußte, daß das Unheimliche mir rasch näher kam, konnte ich mich nicht aufraffen, weiter zu rennen. Ich war erschöpft. Ich lag still und lauschte ... es kam mit einem leisen Swisch! näher, wie dem Schlag großer fleischiger Flügel ... ich wußte, daß es mich zerteilen und zerreißen würde und empfand eine seltsame krankhafte Lust bei dem Gedanken, bei vollem Bewußtsein spüren zu können, wie es mich auseinanderriß ...

-2-

In der nächsten Nacht hatte ich wiederum einen ebenso bizarren wie erschreckenden Traum:

Ich kletterte – an einem Kabel, wie es mir schien – in einem endlosen Schacht nach oben. Was für ein Schacht es war, konnte ich nicht erkennen, aber es mußte ein Aufzugsschacht oder etwas dergleichen sein, denn sein Inneres war voll mit verstaubten Rohrbündeln und den dunklen Schlangenwindungen von Kabelsträngen. Die Luft war matt und trüb und von einem unbestimmbaren, aber deutlich unangenehmen Geruch geschwängert – etwas Ranzigem, wie der Ausdünstung eines großen, kaltfeuchten tierischen Körpers. Das Tier (was immer es war) folgte mir. Ich hörte sein Vorwärtskriechen und fühlte die dumpfe Luftwelle, als es wie ein Kolben im Rohr ein Stück vorwärts schnellte. Dann sackte es wieder zurück und bewegte sich mit derselben weichen, anschmiegsamen Wellenbewegung weiter im Schacht.

Ich spürte, wie die verhaßteste meiner Ängste mich überkam – Platzangst. Das Klettern ermüdete mich, und der formlose Verfolger unter mir holte zusehends auf. Ich sah den Augenblick näherrücken, in dem eine glitschige Masse jählings emporschnellen und mich bis zu den Knien oder zur Hüfte – oder noch höher – in sich begraben würde ...

Dann änderte sich der Traum: Das Ding war nun nicht mehr hinter mir, sondern vor mir. Ich sah sein halb opakes Ende in der trüben Luft des Schachtes schwingen wie den Schwanz eines Tornados. Es quoll viele Stockwerke über mir am oberen Ende des Schachtes heraus ... und hielt ihn zu, wie Kinder mit der flachen Hand das Glas zuhalten, in dem sie irgendwelche halbverendeten Schmetterlinge eingekerkert haben ...

-3-

Ich träumte:

Ich ging über den Friedhof des Städtchens und gelangte in einem seiner einsamsten und verlassensten Teile zu einer Gruft aus schwarzem Marmor, die einen vernachlässigten und verfallenen Eindruck machte. Das turmartige Häuschen, das man über dem Gewölbe errichtet hatte, war von

Schmutz und Spinnweben verunziert; der Boden des Gewölbes aufgebrochen, so daß ich, als ich nähertrat, in den düsteren unterirdischen Raum hineinsehen konnte.
Es standen zahlreiche Bleisärge darin, alle uralt, zerdrückt und von grünlichem Schimmel bewachsen, wo ein scharfer Regenguß in die Tiefe hinabgedrungen war ... aber ein Sarg war ganz neu, und darin lag eine Frau: Eine dicke Frau mit glänzendweißem Gesicht und karmesinroten Lippen.
Sie streckte mir die Hand entgegen und rief mir zu, ich sollte sie hinaufziehen. Ich versuchte es, aber der klammernde Griff ihrer Finger war grauenhaft stark, und anstatt daß ich sie ans Licht gezogen hätte, riß sie mich hinunter in ihre Finsternis. Ich fand mich zwischen den verformten alten Bleisärgen in einem schmutzigen feuchten Raum, in dem ein säuerlicher Geruch herrschte. Hoch über mir sah ich das gezackte Loch, durch das ich hinabgestürzt war, aber draußen schien es nun dunkel zu werden, denn die Öffnung wurde immer undeutlicher und verschwand schließlich ganz. Ich spürte, daß Schnee fiel, weicher, großflockiger Schnee, der rasch alle meine Spuren bedeckte. Niemand, wußte ich, würde mich finden, selbst wenn man nach mir gesucht hätte.
Ich legte mich in den Sarg – ich war nun ganz alleine in der Gruft – und deckte mich mit einer schwammigen Dunkelheit zu, die sich schwer auf mich legte ... kaltfeucht und schwer, als würde ich mit nassem Schlamm bedeckt, oder als breitete sich in der bläulich durchschimmerten Finsternis eine große Molluske auf meinem Körper aus. Das Ding umklammerte mich von allen Seiten, es schob langsam seinen unendlich wandlungsfähigen Körper um meinen, bis es jede Ritze zwischen mir und den Sargwänden ausgefüllt hatte. Es zwängte sich schleimigweich und doch voll schlangenhafter Kraft unter meinen Nacken, rann zwischen meine Beine und die Höhlungen zwischen Achseln und Leib, bis es mich in seiner eisigen, erstickenden Masse einzementiert hatte. Es schob seine Protuberanzen in jeden Zwischenraum, den es erreichen konnte, es drängte sich

zwischen geschlossenen Beinen in meinen Leib, bis es ihn mit seinem elastischen Auswuchs verschlossen hatte, und troff mir langsam in den Mund, bis er voll und versiegelt war.

Es war grauenhaft, und dennoch empfand ich nicht Grauen allein. An diesem Schmiegen und Umschließen war etwas Behagliches, ein dumpfes Sich-Auflösen in der Gewalt eines übermächtigen Anderen ... es war eine Lust am Zerstörtwerden, wie ich sie nie zuvor in solcher Intensität empfunden hatte ...

Denn das Ding löste mich auf: Es arbeitete sich an die Knochen heran und verzehrte mein Fleisch, bis es, was ich gewesen war, als sein blaßblaues Erbrochenes in den Sarg spie.

BLAUBARTS TOCHTER

An dem Tag, an dem mein wunderschöner Vater in den Flammen starb, nahm ich den goldenen Schlüssel von seinem Schlüsselbund und stieg in die Krypta hinab.
Der Tag war kalt und trostlos. Schwerer Nebel rollte vom Fluß herauf und durchzog die düsteren Arkaden des Schlosses, dessen stumpfe altertümliche Türme wie Inseln aus der weißlichen Flut ragten. Kein Windhauch wehte. Die Krähen auf den Vorgiebeln riefen einander höhnisch die Nachricht zu, daß der Herr des Schlosses das ihm gebührende Ende gefunden hatte.
Das Schlüsselchen war alles, was mir von seinem Vermögen geblieben war, denn was er nicht selbst verpraßt hatte (und das war das meiste gewesen), hatte die Inquisition beschlagnahmt. Und auch den Schlüssel hatte er mir nicht vererbt: Ich selbst hatte ihn mir genommen.
Was ich von meinem Vater haben wollte, hatte ich mir immer schon mit eigener Hand nehmen müssen.
Ich schritt die schmalen steinernen Treppen hinunter. Das Schloß war still. Sogar mein federleichter Tritt schien auf den blau-weißen Fliesen zu hallen wie der Donnerschritt eines Geharnischten. Das Schloß schien immer sehr still zu sein, wenn mein Vater nicht da war ... wenn seine laute, farbenprächtige Gegenwart fehlte, seine funkelnden Augen, sein dröhnendes Lachen, sein rascher, leichtfüßiger Schritt. Nun waren die Hallen und Gewölbe verlassen wie Grüfte, und die wenigen Kerzen brannten mit krankem und kraftlosem Schein.
Ich trat in die Halle, deren Dach aus schwarzen Sparren sich hoch über meinem Kopf in der Dunkelheit wölbte. Wie Schemen hing in diesem kerkerähnlichen Gewölbe die Erinnerung an die strahlenden Tage, die er hier bei uns verlebt hatte. Noch schien der Klang der Musik in der Luft zu vibrieren, noch leuchtete der Widerschein der bunten Schabracken und Wandbehänge durch das mürrische Dunkel. Ich sah in Gedanken meinen Vater vor mir, wie er auf dem Höhepunkt seiner Schönheit und Macht durch die Halle schritt, seinen schwarzlockigen Geliebten an der Seite

und seine beiden Knaben neben sich, die seinen Mantel und den rotsamtenen goldgestickten Beutel mit den Quasten trugen. Seine Kleider schimmerten und raschelten bei jedem Schritt, schwarzer Atlas und zimtfarbener Samt, weiße Perlfransen und der schwere, bitter riechende Brokat, der seine Schultern bedeckte. Ich meinte zu hören, wie sein zobelschwarzes Haar rauschte, wenn er den Kopf wandte; ich sah seine Augen grüne Funken sprühen.
Wie sehr hatte ich ihn geliebt! Wenn er zu Besuch kam (was er selten tat), dann legte das düstere einsame Schloß seine Witwenkleider ab und bekränzte sich mit Blumen. Dieser Wechsel von Dunkel zu Hell – und dann sehr bald wieder von Hell zu Dunkel – war eine der hervorstechendsten Erinnerungen an meine erste Kindheit gewesen. Kerzenschein und Finsternis, Musik und Stille ... immer im Rhythmus mit Vaters Gegenwart oder Abwesenheit.
Ich wog das Schlüsselchen in der Hand. Es wog so leicht. Das Blut daran, das nicht abging, war dunkel geworden.
Einen Blick wollte ich in die Kammer tun, nur einen einzigen. Dann wollte ich sie für immer verschließen und das Schlüsselchen in den tiefsten Brunnen werfen, wo man es nicht wiederfinden würde bis zum Jüngsten Tag.

In der Mitte der Halle blieb ich stehen, schützte das schwache Kerzenflämmchen mit der Hand und sah zu Vaters Bild hinauf, das im mächtigen Rahmen aus Schnitzwerk und vom Rauch der Kerzen nachgedunkelt an der Wand hing. Wie schön er war! Es stellte ihn in voller Lebensgröße dar, den Kopf hoch erhoben und ein wenig beiseite gedreht, so daß sein Blick hochmütig über den Betrachter hinwegglitt ... ins Leere. Eine Hand hielt er fest geballt in die Hüfte gestützt, die Finger der anderen spielten in lässiger Eleganz auf dem Schwertknauf. Stillschweigend hatte der Maler mit dieser Haltung ihn dargestellt, wie er tatsächlich gewesen war, undurchschaubar und zwiespältig: Etwas Abweisendes und in sich Verschlossenes war in seiner doch so herausfordernden Haltung gewesen; noch während er sich präsentierte, schien er sich zugleich fast furchtsam in sich selbst zurückzuziehen. Seine dunklen Augen waren voll schwermütiger und unbehaglicher Geheimnisse, von trüben und krankhaften Schatten umflort, sein Mund rot und voll – wie die Lippen sich feucht und lüstern unter dem Schnurrbart wölbten! Wie finster und verlockend sein Blick war! Oh, ich verstand, daß er gewaltigen Eindruck auf Frauen gemacht hatte!

Das Kerzenflämmchen zuckte und wand sich, einen Faden bitteren Rauchs aussendend. Ich wandte dem Gemälde den Rücken zu. Es blickte mir nicht nach. Es blickte über mich hinweg ins Leere, als ich langsam durch die Halle davonschritt.

Ich hatte es zeitlebens sehr bedauert, daß mein Vater mir nicht das Geringste von seiner Schönheit vererbt hatte. Nichts von seiner wilden schwarzen Pracht, nur das milchweiße, kaninchenhafte Aussehen meiner Mutter war mir als Erbteil geblieben ... wie gerne hätte ich Vaters Kraft in mir wiedergefunden, den Schwung seiner strammen Schenkel, den stämmigen Nacken, die schönen, vom Kriegshandwerk gehärteten Hände! Ach, wie gerne hätte ich mich selbst so gesehen, wie der Maler ihn gesehen hatte, in einer glänzend schwarzen Rüstung, die den Leib wie ein eisernes Korsett umschloß und seine vollendeten männlichen Formen hervorhob, die breiten Schultern, die schlanke eisenumgürtete Taille ... aber mir war es beschieden gewesen, ein Mädchen zu sein, bläßlich und unbedeutend.

Dennoch hatte er mich geliebt. Wenn er zu Besuch gekommen war, hatte er mir oft Naschwerk mitgebracht, weißen und rosa Windzucker, goldfarbene Karamelbonbons und schwarze Lakritzen. Dann hatte er sich auf ein Knie niedergelassen und mich zähnebleckend angelacht, während er sagte: »Da nimm ... und nun lauf!« Ich brauchte bis zu diesem Tag nur ein Stück Lakritzen oder einen Ring Windzucker in den Mund zu stecken, um mich in diese Begegnungen zurückzuversetzen. Wenn er sich vor mir niederkauerte, das war gewesen, als lan-

dete ein Vogel Rock mit bunten Schwingen: Eben stand er noch über mir und schien bis zur fernen schattenverhangenen Decke des Saales zu reichen, dann rauschte er nieder, ein Wasserfall pelzverbrämten Brokats und zischender Seide; Perlknöpfchen klickten und klirrten, die roten Quasten an den Enden seines Gürtels wieselten wie zwei langschwänzige Krebse über den Boden. Seine kalte weiße Hand ergriff mich – eine große, sehr weiße Hand mit langen Nägeln daran – und stopfte mir die Süßigkeiten in den Mund, daß mir der dicke Saft übers Kinn rann, wenn ich nicht rasch genug schlucken konnte. Ich mußte husten und spuckte kleine harte Zuckerbrösel wie winzige Glasscherben aus. Er lachte laut, und die Schönen, die ihn umgaben, lachten mit ihm.
Ich hatte mich jedesmal halb in einer anderen, besseren Welt gefühlt, wenn er kam – und doch mischte sich eine unangenehme Erinnerung in all das, denn die Zeiten seiner heißersehnten Besuche waren zugleich die Zeiten gewesen, zu denen ich meine schlimmen Träume gehabt hatte. So oft er im Schloß geweilt hatte, hatte ich diese schwefelig düsteren Träume gehabt, Träume von Tieren, die zu den Fensteröffnungen und durch die Türe hereinkrochen und sich unter meinem Bett versammelten. Was für Tiere es waren? Weder Hunde noch Hirsche, weder Katzen noch Fasane; dicke, phosphorbleiche und dabei bösartige Kreaturen waren es, einmal anzusehen wie weiße Schweine, dann wieder wie blinde Bullterrier – niemals hatten sie Augen oder auch Ohren; das einzig Fühlende an ihnen schienen ihre langen, runzligen, ewig schnüffelnden Schnauzen zu sein. Damit wühlten und gruben sie im blanken Dielenboden unter meinem Bett, als wollten sie Trüffeln herauswühlen, aber am Morgen, wenn der böse Traum ausgeträumt war, sah ich nie auch nur einen Kratzer im Holz.
Eines Nachts war ich nicht einmal sicher gewesen, daß es ein Traum war, was mir an Schrecken begegnete.
Ich erwachte damals spätnachts und fand, daß meine Nachtkerze tief herabgebrannt war. Ich beugte mich vor, um sie auszukniffen, und dabei fiel mein Blick auf den Boden,

auf die Stelle, wo die schwere buntgewebte Zierdecke meines Bettes am weitesten herabhing. Etwas wischte dort herum; es schlüpfte aus den Falten der Decke oder aus dem Boden, peitschte heraus und verschwand wieder ... Ich konnte nicht erkennen, was es war. Es sah aus wie ein Eidechsenschwanz, oder eine dicke schwarzgrüne Schlange, oder der Arm eines Tintenfisches. Es blieb nicht bei einem; mehr und mehr dieser Arme oder Schwänze tauchten links und rechts aus dem Schatten unter der Bettstatt und aus den Falten der Decke selbst auf und verschwanden wieder.
Auch das Zimmer sah jetzt anders aus; innerhalb seiner Wände stand, wie aus farbigem Glas geformt, ein zweiter Raum, deutlich sichtbar, aber unverkennbar unwirklich ... er war nicht ganz klar zu sehen, aber es schien ein reich geschmücktes Schlafgemach zu sein; die Wände waren dunkel bespannt, ein Lager mit geschweiften Beinen und einem geschnitzten Haupt stand darin. In der Wand dahinter hatte sich ein gotisches Fenster geöffnet, das mit geschmiedetem Gitterwerk verschlossen war. Hinter diesem Gitter stand jemand, so schwarz, und so unbeweglich, daß ich ihn erst viel später bemerkte ... aber vielleicht war er auch erst viel später gekommen. Der Umriß war so nachtdunkel, daß ich nicht erkennen konnte, ob es Mann oder Frau war, und hatte kein Gesicht, nur leere Augenschlitze – ganz leer bis auf ein schwefelgelbes Licht, das dahinter glomm wie die Lichter in Papierlaternen. Das Wesen hatte die Arme vor der Brust gekreuzt, so daß die offenen Hände auf den Schultern lagen, es trug dunkle Handschuhe, oder es hatte kohlschwarze Hände ... schwarze Hände mit schwefelgelben Fingerspitzen. Dann sah ich, daß das seine langen Nägel waren: sie leuchteten wie Phospor. Es stand schrecklich still. Es rührte sich nicht, es gab keinen Laut von sich, es stand nur da und starrte aus diesen leeren, leuchtenden Augen.
Dann war ich wohl aufgewacht, denn ich erinnere mich nicht, daß irgendetwas weiter geschehen wäre. Obendrein hatte ich damals den Kopf voll anderer Gedanken gehabt, denn Vater war am Vortag angekommen, und ein großer

Ausritt war angesagt. Ich konnte mich noch sehr gut daran erinnern, wie sie dann fortgeritten waren wie ein Schwarm bunter Vögel, Damen und Herren, und mein Vater der Schönste von allen. Ich hatte ihm von der Brüstung aus nachgewunken, als er durch den Hof geritten war, seinen Pagen vor sich im Sattel, und einen Augenblick lang hatte sich etwas Kaltes wie eine Schneeflocke auf mein Herz gesetzt, als ich mitansah, wie er den blonden Knaben anlachte. Dann hatte er sich umgewandt und mir mit erhobener Hand gewunken, und das Kalte war vergangen. Später hatte ich versucht, diesen Augenblick zu malen, wie er inmitten der roten Zweige und goldenen Blätter des Herbstes auf seinem tanzenden Pferd saß, aber kein Bild war so schön geworden, wie er war, und zuletzt hatte ich die Blätter alle weggeworfen.

Am Ende der Halle wand eine Kellertreppe sich hinunter zu den Wirtschaftsräumen. Wenn man diese kalte, muffig nach Mauerkalk riechende Treppe ein Stück weit hinabging, dann stieß man auf ein Pförtchen, und wenn man das Pförtchen öffnete, auf eine neue schmale Treppe, die sich bis in die Fundamente des Schlosses hinabwand. Diesen Weg nahm ich nun. Es war mir fast, als veränderte sich das kalte Schlüsselchen in meiner Hand, als ich den geheimen und fluchbeladenen Weg ging. Es schien kälter und kälter zu werden, bis es mich brannte, und von innen heraus zu vibrieren wie die Zunge einer Maultrommel. Ich wollte es in mein gesticktes Beutelchen stecken, aber es weigerte sich, meine Hand zu verlassen. Es fror an den Fingern fest und preßte sich an die Handfläche, bis ich ihm den Willen tat und es in der Rechten umklammert hielt, während ich in der Linken die Kerze trug. Eine lange und dicke Kerze, denn der Weg war weit dort hinunter.
Es mag sonderbar klingen, aber es hatte mich nicht sehr überrascht, von der Existenz dieser Kammer zu hören. Ich hatte natürlich nichts wirklich gewußt, aber Zeit meines

Lebens hatte ich etwas gefühlt, wie man sich der Gegenwart eines Geistes bewußt ist. Da war immer ein Schatten über meiner Seele gewesen, ein Dunkel im Hintergrund meiner Gedanken, ein Schaudern, als schliche etwas Schwarzes beständig um mich herum und flüchtete in Verstecke, so oft ich es festzuhalten versuchte. Es erschreckte mich und ließ mich an meinem eigenen Verstand zweifeln, denn ich hatte sagen gehört, daß einsame Mädchen oft anfingen, Geister zu sehen, oder die Stimmen der Waldelfen rufen zu hören – und ich wollte nicht närrisch werden. Ich wollte bei vollen Sinnen den Tag erleben, an dem ich an der Seite meines Vaters ausritt und die Blicke aller Damen und Herren bewundernd auf mir ruhten.

Ich wußte, daß dieser Tag kommen würde. Ich brauchte nur noch ein wenig älter zu werden, um ihn zu erleben. Erst hatte ich gedacht, er würde mit meinem zwölften Geburtstag kommen, aber das war verfrüht gewesen, und dann hatte ich gehofft, er würde anbrechen, wenn ich vierzehn war, aber auch diese Hoffnung hatte getrogen. An meinem vierzehnten Geburtstag war mein Vater zu Besuch gekommen und hatte mir ein Kleid geschenkt, ein feines weißes und rosafarbenes Kleid – so weiß und rosa wie der Windzucker – und mit winzigen senffarbenen Blüten besät, die in seinen Falten hin und her zu springen schienen, wenn ich mich bewegte. Er hatte es sogar bewundert, als ich es angelegt hatte. »Ei«, hatte er gesagt (ich hatte noch jedes Wort im Ohr) »du siehst ja niedlich aus; nun lauf zu und sieh, daß du einen Mann kriegst!« Alle hatten gelacht, und die beiden dummen Jungen, die ständig links und rechts neben ihm herrannten, hatten noch lauter als alle anderen gelacht. Ich hatte mir gewünscht, ich wäre ein Frettchen und sie wären Mäuse: Ich hätte sie so sehr zerrissen, daß man die Knöchlein im ganzen Garten verstreut gefunden hätte.

Seltsam, wie oft ich damals träumte, ich wäre ein Frettchen, weiß und schlank, mit roten Augen und den schärfsten Zähnen, die man sich vorstellen kann. In diesen Träumen

schlüpfte ich durchs Haus, sprang den Schlafenden auf die Decke und biß sie in die Brust, daß das Blut hervorschoß wie ein Quell.
Übrigens trug ich Vaters Geschenk nicht sehr lange. Am Abend setzte ich mich beim Kerzenlicht in meinem Zimmer hin, nahm die winzige goldene Schere aus meinem Nähkörbchen und zertrennte das Kleid in Dutzende weiße und senffarbene Stückchen, die auf dem Boden herumlagen, als hätte es Flicken geschneit. Es ärgerte mich, daß er gesagt hatte, ich sollte zusehen, einen Mann zu kriegen.
In meinen Träumen war ich ein Frettchen, und Männer waren große, feiste Ratten, die ich ansprang und totbiß. In einem dieser Träume war der Küchenboden so voll Blut gewesen, daß man die weiß-blauen Fliesen nicht mehr sah.
Ich schloß das Pförtchen auf, das leise quietschte. Die Treppe dahinter spindelte dunkel und feucht in die Tiefe hinunter. Das Schlüsselchen sprang in meiner Hand, als erkennte es den Ort wieder, an dem es schon mehrmals gewesen war, und ich meinte Feuchtigkeit an den Fingern zu spüren, aber als ich erschrocken im Kerzenschein nachsah, war der Blutfleck alt und so trocken, daß er ganz braun war.
Auf einmal ging es mir durch den Kopf:
Ich stand jetzt, wo Vater gestanden war.
Ich tat, was er getan hatte.
Ich hatte das Pförtchen aufgesperrt und stieg die Wendeltreppe hinunter, aus deren Tiefen mir der kaltfeuchte Hauch der Krypta entgegenwehte. Es war ein sonderbares Gefühl, ihm so nahe zu sein in diesem gleichen Tun, und ich mußte mir eine Träne aus dem Augenwinkel wischen. Ich wurde leicht gerührt, wenn ich nur an ihn dachte.
Der Treppenschacht war eng. Zuweilen fühlte ich die rauhe altertümliche Mauer an meiner Schulter oder meinen Ellbogen, als ich mit tastenden Schritten tiefer und tiefer hinabstieg. Der Hall meiner Schritte lief ein Stück weit und erstarb, als säßen vor und hinter mir in den Windungen der Treppe unsichtbare Tiere, die jeden Laut verschlangen.

Zuweilen sah ich auch wirklich Tiere: Dann und wann sprang aus den graubraunen Steinen ein steinerner Kopf vor, manchmal der einer Kröte, manchmal der eines Chamäleons, dessen Zunge in einer schnörkelhaften Rolle herabhing. Die Tiere glotzten mich aus großen steinernen Augen an und starrten dann wieder stumpf in die Finsternis, die mir folgte. Es war, als schleppte ich sie wie eine lange Kleiderschleppe hinter mir her: Tiefe Finsternis, denn in dem Schacht gab es keine Luke und kein Luftloch, durch die ein Sonnenstrahl hereingefallen wäre.

Ich schloß die zweite Pforte auf und tat den einen, den einzigen Blick hinein, den ich je hatte tun wollen.

Es war gut, daß ich Vaters kaltes Herz geerbt hatte, sonst wäre ich wohl vor Entsetzen gestorben, als ich im Schein meiner Kerze das große Blutbecken sah und die bleichen Überreste von sieben Frauen darin. So stand ich nur und sah mir alles lange an und lächelte. Wozu hätte ich traurig sein sollen? Die Sieben waren mir nicht nahegestanden, und mein Vater hatte für die Sünden gebüßt, die er begangen hatte.

Ich schloß die Türe hinter mir.

Das Schlüsselchen in meiner Hand brannte wie Feuer. Ich meinte es glühen zu sehen wie heißes Metall, als ich die Hand öffnete und es anblickte. Nun war das Blut daran frisch und rot.

Ich fuhr mit der Zungenspitze darüber. Es schmeckte süß.

»Nun lauf und sieh zu, daß du einen Mann kriegst«, hatte er gesagt ... während ich wartete und wartete, daß er mit mir in den Maienwäldern ausritt. Es brannte in meiner Seele, wie ihn die Flammen des Scheiterhaufens gebrannt hatten.

Ich hielt das goldene Schlüsselchen lange in der Hand. Dann ließ ich den Ring meines Schlüsselbundes aufschnappen und fädelte es darauf, und mit leisem Klicken sprang der Ring wieder zu.

Eines Tages würde ich heiraten.

Und dann würde ich Vaters goldenes Schlüsselchen brauchen.

DAS GEHEIMNIS

Die Leute im Dorf unten fragen sich, wie eine Frau es ertragen kann, in diesem einsamen Schloß auf den Klippen zu wohnen ... und mehr noch, eine junge, schöne Frau wie ich. Sie nehmen an, daß ich für meinen Dienst fürstlich bezahlt werde, und da haben sie recht. Der Lord und die Lady sind überaus großzügig, denn sie bezahlen mich doppelt: Für meine Arbeit und für mein Schweigen.

Das Schloß ist geräumig und prächtig, aber zugleich altertümlich und düster. Wasserspeier glotzen von seinen Simsen, und auf seinen Türmen drehen sich kreischende Wetterfahnen in Gestalt von heulenden Wölfen und springenden Katzen. Der Lord und die Lady wohnen nicht hier. Niemand wohnt hier. Nur ein altes, finsteres Ehepaar, das die grobe Arbeit macht, ich selbst und ... nun, das Geheimnis.

Vor Jahren war es das Geheimnis des Lord und der Lady, aber inzwischen ist es längst mein Geheimnis geworden. Ich behüte es, ich umhege es, ich liebkose es, ich teile seine Freuden und Schmerzen ... und seine Vergnügungen. Wir machen nicht viele Worte, weil es nicht viele Wort kennt, und seine Stimme ist so rauh und wüst wie sein Äußeres. Es mag keine Spiegel und keine Wasserflächen. Die Spiegel zerschlägt es, und ins Wasser wirft es Steine, die seine Oberfläche aufwühlen. Der einzige Spiegel, den es erträgt, sind meine Augen.

Das Haus ist riesig. Seine Gänge sind weitverzweigt und gewunden, und das Licht des Kerzenleuchters erhellt immer nur einen kleinen Teil ... ein paar Schritte vor mir, ein paar Schritte hinter mir. Es gibt ganze Zimmerfluchten im Schloß, in denen ich noch nie gewesen bin. Mein gewöhnlicher Weg führt von der Küche durch die Halle in das Erkerzimmer, in dem das Geheimnis sich aufhält. Inzwischen hat es gelernt, sich vor dem Licht nicht zu fürchten, und ich kann den Raum mit dem Leuchter in der Hand betreten. Früher hatte es Angst vor allem Feuer und Licht und stieß rauhe Schreie aus, wenn ich ihm damit nahekam, aber in den letzten zwei Jahren ist es zugleich sanfter und mutiger geworden.

»Guten Abend, mein Liebster«, sage ich, stelle den Leuchter auf den Tisch und den Korb daneben, der bis obenhin mit Abendbrot gefüllt ist. Schinken und Käse, Wein und Essiggemüse, Brote und Kuchen. Die Keller und Vorratskammern des Schlosses sind auf Jahre hinaus gefüllt, und die alten Leute kochen gut. Sie haben Angst vor dem Geheimnis, deshalb kommen sie nie aus den untersten Räumen des Schlosses heraus, der Küche und den Kellern, in denen sie sich mit den Weinflaschen vergnügen, während wir beide anderweitig beschäftigt sind.

Das Geheimnis hat einen Namen, aber niemand erinnert sich daran. Lord und Lady nennen es unter Tränen ›unser armes Kind‹, die alten Leute nennen es ›Mylord‹, wenn ich da bin, und ›dieses Dingsda‹, wenn sie meinen, daß ich nicht da bin. Aber ich erfinde ihm jeden Tag einen neuen Namen, manchmal einen türkischen oder arabischen, manchmal sogar einen Wolfs- oder Katzennamen, wie es ihm gerade gefällt. Es mag miauende Namen, wie Awaurono oder Molauonau, oder heulende Namen, wie Youhunuunuu oder Awouna oder Ho-nei-naa.

Außerdem mag es Dinge, die rascheln und wispern – Vorhänge, die sich im Gewitterwind in den Fenstern blähen, und Frauenkleider, die um Beine streifen. Wenn ich auf meinem Bett sitze, sucht es das Rascheln in meinem Kleid. Es lauscht und riecht an den Säumen, schüttelt den Stoff, folgt mit funkelnden Augen dem Leuchten und Verblassen der Farben. Manchmal wird es zornig, wenn es das Rascheln nicht finden kann, und wirft alle Falten durcheinander, bis es mir das Kleid über den Kopf geworfen hat. Aber dann findet es neue Dinge darunter. Dinge, die noch besser riechen und sich noch weicher anfühlen als die zarteste Seide. Davon wissen der Lord und die Lady nichts, und wie sollten sie auch? Sie senden einmal im Jahr einen Boten, der mein Geld bringt, und ich sende ihn mit einem Brief zurück, in dem ich schreibe: Es lebt noch, und es geht ihm gut. Ich schreibe niemals: Gestern haben wir uns so wild und heftig geliebt, daß seine Krallen in meine Haut fuhren wie

Messerspitzen. Ich schreibe nie: Es ist weicher als ein Kätzchen im Bett, und doch kann es so grausam beißen, daß meine Haut zerspringt. Das alles geht nur uns beide etwas an. Lord und Lady weinen, daß sie ein Scheusal zur Welt gebracht haben, und es wäre ihnen lieber, es würde heute als morgen sterben.

Ich möchte das nicht. Ich hege es sorgsam. Ich bade es in warmem Wasser, ich trockne es nach dem Bad ab und setze es ans Feuer, damit es nicht friert. Ich kämme und bürste sein honigfarbenes Haar, damit es nicht verfilzt, und ich drücke es nachts an mich, damit es nicht traurig wird.

HERR UND HUND

-1-

Die Nacht war heiß, glühend heiß. In der engen Slumgasse roch es nach maischigen Abfällen und erbrochenem Bier. Man blickte durch offene Balkontüren in Zimmer, die der Schein der Fernsehapparate beleuchtete, blickte in Durchgänge wie Geisterbahntunnel und in die zwielichtigen Hinterzimmer von Lokalen und Läden.

Joey Kowalsky holte so tief Atem, daß seine schwere schwarze Lederweste mit dem Polizeiabzeichen knarrte. Er war ein großer, athletischer Mann, stämmig, mit kurzgeschorenem blondem Haar, schmalen Hüften und strammen Schenkeln, auf denen sich die ledernen Breeches glänzend spannten wie eine zweite Haut. Schweiß glänzte auf seinem Gesicht, hing in seinem gestutzten Schnauzer wie Tautropfen in einer Hecke.

Schweiß glänzte auch auf all den dunklen Gesichtern der Leute rundum, die sich verkrampft vor Angst in den Schatten drängten. Ihre Augen leuchteten weißlich im trüben, ölig funzelnden Licht dieser verrotteten Wohnhöhle. Manche hielten Prügel in der Hand, aber noch mehr umklammerten Rosenkränze und Amulette. Spanisches und französisches Gemurmel umsummte sie wie ein Bienenschwarm. Madre de Dio ... mon Dieu ...

Kowalsky gab sich einen Ruck, und automatisch ruckte er gleichzeitig an Reggies Leine. Der Rottweiler hatte verträumt die Schnauze an Kowalskys Stiefeln gerieben. Jetzt spannte er die Muskeln an und blickte erwartungsvoll zu seinem Herrn auf. Er war ein prächtiges Tier, blanke Augen, gewaltige Muskeln, rosige Lefzen. Sein schwarzbraunes Fell glänzte im Lampenschein wie polierte Kastanien. Er hatte einen mächtigen Brustkorb und schmale Hüften. Und – in dienstfreien Augenblicken – zuweilen einen Ständer, dessen Größe und Härte immer wieder Joey Kowalskys ungläubiges Staunen erweckte.

»Alles bereit?« fragte Kowalsky, als er bei den Stufen vor dem Eingang ankam.

Die Männer nickten nervös.
»Behaltet eure Handschuhe an. Barney, Sie halten das Netz an dieser Seite, Ihr drei am anderen Ende und in der Mitte.«
Der Befehl wurde augenblicklich befolgt. Kowalsky hatte diesen gewissen Ton in der Stimme, der kein Zögern erlaubte – einen schnappenden Ton, den ein leichtes Runzeln der Nasenflügel begleitete. Die ganze Mimik vermittelte einen leicht kynoiden Eindruck, als neigte der Hundeführer zum Beißen. Herr und Hund, so behauptet man, werden sich zusehends ähnlicher, und wo gab es einen Herrn und einen Hund, die einander so innig verbunden waren wie Joey Kowalsky und sein Reggie?
»Vorwärts!«
Sie schritten durch die Eingangshalle, die Männer mit dem ausgebreiteten Netz voran.
»Stablampen bereit?«
Die Männer nickten stumm, schalteten ihre Lampen an und leuchteten die Treppe ab. Sie atmeten schwer und rochen nach Schweiß.
»Wo bleibt denn der Krankenwagen?« rief eine Frau draußen mit gellender Stimme. »Man braucht doch einen Krankenwagen!«
Kowalsky wandte ihr kurz seinen hellen, etwas stechenden Blick zu. »Ist schon unterwegs. – Ist das Ihr Wagen da? Fahren Sie ihn lieber zur Seite, damit der Krankenwagen hier stehenbleiben kann.« Die Frau sprang eingeschüchtert beiseite; dann setzte sie sich in ihr Auto und machte den Weg frei.
Kowalsky blickte zu den umliegenden Häusern auf, diesen dumpfen, übelriechenden Riesen, die aus tausenden funkelnden Neugieraugen auf den Ort des Verbrechens herabstarrten. Noch während er sprach, kam ein Streifenwagen die Straße herauf, dahinter ein Notarztwagen mit heulender Sirene.
Der Notarzt bremste scharf ab und brachte den Wagen inmitten einer Wolke aufgestörten Nachtungeziefers zum Stehen. Er eilte, von einem Sanitäter gefolgt, auf den Eingang zu, wo Kowalsky ihn stoppte.

»Vorsicht, Mann«, sagte der Hundeführer. »Da oben treibt sich irgendein wildgewordenes Vieh herum. Warten Sie lieber hier, bis wir es haben.«
»Und der Verletzte?« fragte der Arzt.
Kowalsky, der über eine sehr sprechende Mimik verfügte, sah ihn an. Der hat keine Eile mehr nötig.
»Verstehe«, murmelte der Arzt. Sein Blick suchte die Eingangshalle ab, wanderte die dunkle Treppe hinauf in den Oberstock, aus dem alle Mieter in Panik geflohen waren. Er wollte etwas sagen, aber in diesem Augenblick krachte oben ein Schuß.
Die Puertorikaner, die sich im Schatten der Halle drängten, brachen in aufgeregtes Gemurmel aus. Dunkelhäutige Hände hoben die verschiedensten Lichtquellen, um die Stiege hinaufzuleuchten. Stimmen murmelten. Kowalsky verstand nur ein einziges Wort. *Loup garou.*
Der Arzt hatte es auch verstanden. »Warum sagen sie *Werwolf?*« fragte er überrascht.
Kowalsky zuckte die Achseln und fuhr sich mit der Handfläche über das kurzgeschorene, rötlichblonde Haar. »Keine Ahnung. Komisches Volk. Kommen Sie mit, damit wir's hinter uns haben.«
Sie stiegen eilig die Treppe hinauf, die seltsam nach feuchtwarmer Wandtäfelung roch. Auf halber Höhe kamen ihnen die Männer entgegen, die mit dem Netz hinaufgestiegen waren.
»Habt ihr ihn?« fragte Kowalsky.
Sie schüttelte die Köpfe. »Nein. Barney hat ihn auf geschossen, aber der Hund sprang zum Fenster raus und war weg. Hat sich irgendwo auf den Dächern verkrochen.«
Kowalsky starrte in den endlos langen Flur hinein, in dem nicht mehr Licht brannte als in einem Geisterbahntunnel. Irgendwann einmal mußte das ein prachtvolles Haus gewesen sein, mit getäfelten Wänden, geschwungenen Treppen, Fenstern, durch die man meinte davonfliegen zu können. Jetzt war es ein Loch. Seit Jahrzehnten war an dem weitläufigen, labyrinthisch verschachtelten Gebäude nichts mehr

ausgebessert worden. Der braune Putz fiel von den Mauern. Die gerippten Glasdächer der Innenhöfe waren pelzig vom Ruß.
»Die da unten«, fragte der Arzt leise und deutete mit dem Daumen auf die schwitzende, Gebete murmelnde, Amulette umklammernde Menge am Fuß der Treppe, »die glauben doch nicht wirklich, daß sich ein Werwolf hier rumtreibt, oder?«
»Doch, das tun sie«, sagte Kowalsky trocken. »Genauer gesagt, eine Menge Werwölfe.«
Die beiden Männer gingen über den abgesackten Fußboden weiter zu einem Korridor, von dem Türen zu beiden Seiten abgingen. Die meisten dieser Türen standen offen und enthüllten die leeren Schalen verlassener Räume. Desinfektionsmittel, Stockflecken, Staub, ein leichter Waschmittelhauch.
Rechts von der Treppe lag das Zimmer, in dem das Verbrechen geschehen war.
Der Tote war ein Säufer gewesen. Zwei große Weinflaschen auf dem Boden des Zimmers verrieten, daß sein letzter Tag auf Erden ein guter Tag gewesen war. Er mußte sternhagelvoll gewesen sein. Er hatte sich nicht einmal die Mühe gemacht, die Tür richtig zu schließen. Deshalb hatten die anderen Mieter auch so rasch die dunkle Blutspur entdeckt, die vom Bett in den Korridor rann.
Der Mann lag in völlig zerknitterten Kleidern auf dem Bett ausgestreckt. Auf dem Fußboden eine leere Whiskyflasche, Schreibpapier, Zigarettenstummel, ein zerbrochener Aschenbecher und ein umgeworfener Stuhl.
Kowalsky bückte sich und hob eines der Blätter auf. Es war zur Hälfte in einer krakeligen Trinkerschrift beschrieben. Der Text brach mitten im Satz ab.
Hinter seinem Rücken stieß der Arzt einen gedämpften Pfiff aus, als sein Blick auf die völlig zerfleischte Kehle des Toten fiel. »Was für ein Vieh macht so etwas?« murmelte er.
Kowalsky zuckte die Achseln. Sein Blick hing an einem Satz auf dem zerknitterten Manuskriptbogen. *Der Glaube an Werwölfe ist unter der afro-karibischen Bevölkerungsgruppe bis*

heute verbreitet, ja, man ist überzeugt, daß der loup-garou auch noch in den dunklen Straßen der hochtechnisierten Städte auf der Suche nach Beute umherstreift ...

Reggie winselte leise, als er das Blut roch, und schwieg dann wie beschämt still.

-2-

Auf der Polizeistation war es ebenso glühend heiß wie draußen auf den ruhelosen nächtlichen Straßen, aber es stank weniger. Vorausgesetzt natürlich, man roch lieber Desinfektionsmittel und Kaffee als Müll und Erbrochenes.

Kowalsky saß seinem Vorgesetzten gegenüber. Reggie lag ergeben zu seinen Füßen und vergnügte sich damit, verstohlen die Stiefelspitzen seines Herrn zu lecken. Offiziell war das Lecken nicht gestattet, deswegen tat Reggie es immer, wenn er unter einem Schreibtisch in Deckung lag.

»Ein Journalist war der Mann also«, bemerkte der Vorgesetzte bedächtig. »Das ist aber unangenehm.«

Kowalsky zuckte die Achseln und verzog das Gesicht zu einer Grimasse, die deutlich machte, was er von Journalisten hielt.

Der Vorgesetzte blätterte mit fettigen Fingern in seinen Papieren. »Wissen Sie«, setzte er nochmals an, »der Meldebericht von vorgestern Nacht geht mir nicht aus dem Kopf. Ich bin extra noch einmal ins Büro zurückgefahren, um den Bericht noch einmal durchzugehen. Da war eine Beschwerde über einen Hund, der die ganze Nacht hindurch geheult haben soll.«

»Und?«

»Die Beschwerde kam aus der Nachbarschaft, in der heute dieser Journalist gefunden wurde.«

Kowalsky wandte den Blick vom Fenster ab und seinem Vorgesetzten zu. »Nichts Ungewöhnliches«, sagte er. »Dort heult und kreischt und weint und flucht es die ganze Nacht.«

Der Vorgesetzte hob die Achseln und ließ sie fallen. »Wieviel Alkohol hatte er denn im Blut?«
Kowalsky zuckte mit den Schultern und sagte: »3,8 Promille. Und das war nichts Ungewöhnliches bei ihm, er hat seit Jahren gesoffen wie ein Loch, sagte der Pathologe. Seine Leber muß aussehen aus wie Talg.«
»Gut«, sagte der Vorgesetzte. »Dann sieht's ja ganz so aus, als wäre diese Werwolfgeschichte, an der er schrieb, das erste Kapitel eines Delirium tremens.«

-3-

Die dunkelsten Stunden der Nacht zogen herauf, und Kowalsky machte seinen üblichen Rundgang. Seine Route lag in einem der älteren Stadtviertel, einer hauptsächlich von Fremden besiedelten Gegend. Herr und Hund kamen immer öfter an Cafés und Läden vorbei, über denen Schilder mit Inschriften in fremden Sprachen und unleserlichen Lettern hingen.
Kowalsky schritt gleichmäßig aus, mit einem festen federnden Schritt, der das Muskelspiel seiner Beine sogar durch die schweren Breeches hindurch erkennen ließ. Reggie trabte leichtpfötig neben ihm her, leise hechelnd in der schwülen Dunkelheit. Sooft Kowalskys Hand seine Stirn oder seine Ohren berührte, rollte er die Augen verzückt nach hinten.
»Ist dir auch heiß, armer Junge?« murmelte Kowalsky.
Reggie antwortete mit einem seelenvollen Blick und einem leisen Yep, das eigentlich unter seiner Würde war. Zeichen von Schwäche zu zeigen, gestattete er sich nur, wenn er mit seinem Hundeführer allein war.
Es war drei Uhr morgens, und sogar dieser rastloseste Teil der Stadt machte ein kurzes Nickerchen, ehe die Dämmerung anbrach.
Die Häuser in dieser Gegend waren düster und heruntergekommen, von riesigen alten Ulmen überragt und von filzig

wucherndem Buschwerk umgeben. Vor langer Zeit war diese Straße eine Prunkallee gewesen. Sie war breit, und die Pfeiler am Straßenrand trugen geschwungene Hauben mit Knäufen und waren, den traurigen Überresten nach zu schließen, vor Zeiten mit Metall beschlagen und mit schweren kupfernen

und bronzenen Ketten miteinander verbunden gewesen, über die sich längst die Buntmetalldiebe hergemacht hatten.
Kowalsky ging mit pedantischer Genauigkeit jeden Vorgarten ab. Mit seiner Stablampe leuchtete er die Büsche ab, obgleich er sie bei dem hellen Mondlicht eigentlich gar nicht benötigte. Reggie folgte ihm, beglückt an Mauselöchern schnüffelnd. Noch lieber schnüffelte er an Kowalskys ledernen Breeches, vorzugsweise im Schritt oder am Hinterteil, wo Wolken berauschender Düfte ausströmten, aber dieses Vergnügen – das wußte Reggie genau – war nur in intimsten Stunden gestattet. Genauso wie jenes andere, höchst private Vergnügen –
»He, bleib bei der Sache, Hund.« Kowalsky versetzte ihm einen kräftigen, strafenden Klaps auf das Hinterteil. Reggie winselte devot, zog einen Augenblick lang den Schweif ein und leckte dann rasch über die Hand des Hundeführers, um seiner Dankbarkeit für die lehrreiche Züchtigung Ausdruck zu geben.
Kowalsky näherte sich einem der Häuser, das offenkundig seit langem verlassen stand.
Langsam kletterten Herr und Hund die wackligen hölzernen Stufen hinauf. Die Türe oben hatte einen braunen Porzellanknopf, der sich nur widerwillig drehte, als der Polizist sie öffnete. Die Tür schwang an ihren rostigen Angeln mit einem Knirschen, das einen Schauder über den Rücken jagte. Reggie folgte mit aufmerksam aufgestellten Ohren und erwartungsvoll zuckender Rute.
Vorsichtig betraten sie den Raum, der einst das Wohnzimmer gewesen sein mußte. Fetzen von wasserfleckigen Tapeten hingen von den Wänden. Der Raum war leer, abgesehen von einer vergessenen Couch mit einem zerbrochenen Fuß und einer rostigen Sprungfeder, die aus dem Unterteil hervorhing. Zarte Streifen von Spitzenvorhängen, vom Alter vergilbt, hingen über die Fenster wie riesige, groteske Spinnweben.
Kowalsky setzte sich auf die Couch, die unter dem Gewicht seines massigen Körpers quietschte, und zündete sich die

verbotene Drei-Uhr-morgens-Zigarette an. Reggie hatte sich vor ihm hingestreckt und betrachtete ihn aufmerksam. Die schönen, intelligenten Augen folgten den Bewegungen des dünnen Rauchschleiers, der der muffigen Luft eine neue, würzige Note gab.
»Wir haben Troubles, Reggie«, sagte Kowalsky. Er war es gewöhnt, seine Sorgen immer Reggie als Erstem anzuvertrauen. »Trouble Nummer Eins ist ein versoffener und verrückter Journalist, der Schauergeschichten über Werwölfe schreibt. Trouble Nummer Zwei ist ein Werwolf.«
Reggie winselte leise und mitfühlend.
»Ein Werwolf«, fuhr Kowalsky in bedeutsamem Ton fort, »der Mist gebaut hat.«
Reggie benagte einen Moment seine rechte Vorderpfote, an der offenkundig ein Flohbiß juckte, dann wandte er seine ganze eifrige, hündische Aufmerksamkeit wieder seinem Herrn zu.
»Klar, daß den Schnüffler niemand brauchen konnte«, sagte Kowalsky. »Aber der Kerl hat ihn *totgebissen*. Die Implikationen sind klar, nicht wahr? Hätte er ihn erschossen oder erstochen oder die Treppe hinuntergestoßen, kein Hahn hätte in dieser Gegend nach ihm gekräht. Aber totgebissen ... Reggie, das weckt sogar einen total überforderten Pathologen auf. Sogar der Chef macht sich Sorgen.«
Reggie bekundete durch Handablecken sein Mitgefühl.
Kowalsky warf den Zigarettenstummel auf den Boden und trat ihn sorgfältig aus. Dann war er zu einem Schluß gekommen. »Der Kerl wird liquidiert, Reggie«, sagte er mit fester Stimme. »Du schnüffelst ihn aus, und den Rest erledige ich. Abgemacht?«
Reggie ließ ein zustimmendes Yep hören.
»Guter Hund«, sagte Kowalsky gerührt. Seine Hand streichelte die schwarze Stirn, die rosigen Lefzen, die mächtige Brust. »Guter Hund ...« Dann trat ein neuer Ausdruck in seine Augen. Die Aussicht auf die bevorstehende Jagd hatte Bewegung in seine kräftigen Lenden gebracht, und diese Bewegung drängte nach Ausdruck. Er beugte sich vor und

ergriff das Halsband. »Komm, Reggie«, flüsterte er. »Mach dem Herrchen die Freude.«
Reggie kläffte kurz auf und warf einen fragenden Blick Richtung Tür.
»Ach was. Du weißt doch, daß hierher nie jemand kommt«, drängte Kowalsky, der jetzt sichtlich erregt war. Er packte die schwarzen Pfoten und zog sie hoch, so daß Reggie sich auf seine Knie stützte. »Komm schon, guter Hund. Na, was ist? Mach dem Herrchen die Freude.«
Reggie gehorchte. Hunde gehorchen immer.
Er schauderte ein wenig, als sei er im kalten Wasser geschwommen. Dann schüttelte er sich, und dann begann er plötzlich, sich zu drehen und zu winden, auf eine höchst absonderliche Weise, als schraubte er einen Körper aus einem anderen heraus. In komplizierten Spiralen entrollte sich aus dem Körper des Rottweilers ein anderer ... und doch derselbe. Blanke, intelligente Augen. Gewaltige Muskeln. Rosige Lippen im Schutz eines kräftigen Schnauzers. Sein glattes schwarzbraunes Haar glänzte im matten Lampenschein wie polierte Kastanien. Er hatte einen mächtigen Brustkorb und schmale Hüften. Und – in Augenblicken wie diesem – einen Ständer, dessen Größe und Härte immer wieder Joey Kowalskys ungläubiges Staunen erweckte.
»Du machst mich wahnsinnig, Joey«, röchelte Reggie verzückt und stürzte sich kopfüber zwischen die ledernen Schenkel, um erst einmal gründlich zu schnüffeln, ehe er sich im Ernst an die Sache machte. Dann – nach einem kurzen, aber heftigen Zwischenspiel – stützte er die muskulösen (und natürlich nackten) Arme auf Joeys Knie und seufzte noch einmal, diesmal voll Sorge. »Was meinst du, Joey«, flüsterte er. »Ob sie irgendwann einmal Verdacht schöpfen?«
Kowalsky schloß ihn väterlich in die Arme. »Unsinn«, murmelte er in das wohlgebildete Ohr. »Du bist absolut sicher. Ich passe schon auf dich auf. Und wenn wir diesen Kerl erst vom Hals haben, gehört das Revier wieder uns. Uns ganz allein.«

»Yep«, machte Reggie voll Vorfreude und leckte dankbar die starke, blond behaarte Hand, die liebevoll mit seinen Lefzen spielte.

DAS WEHE-BUCH

Es war einmal ein kleines Mädchen, das war überaus neugierig. Wo es ging und stand, guckte es hinter die Büsche oder riß die Ecken der Tapeten ab, um zu sehen, was wohl dahinter und darunter wäre, und es konnte an keinem abgeschlossenen Kasten vorbeigehen, ohne den Schlüssel im Schloß zu probieren. Nun war es eines Nachmittags allein zuhause (die Eltern waren zum Kaffee zu jemand anderem gegangen), und wie es seine Art war, fing es sofort an, in der ganzen Wohnung nach Geheimnissen zu stöbern. Es machte alle Flaschen im Badezimmer auf – sogar die mit dem Totenkopf auf dem Etikett! – und schnupperte daran, bis es an eine kam, deren Duft in der Nase biß. Dann blätterte es im Wohnzimmer das ganze Familienalbum durch und sah sich alle die verblichenen Onkel und Tanten und Vettern und Kusinen an. Zuletzt ging es an den Bücherschrank – den hob es sich immer bis zuletzt auf, weil er so besonders verboten war.

Es war ein riesiger alter Bücherschrank aus poliertem Walnußholz, mit zwei Glastüren und mit Schlüsseln, an denen goldgelbe Samtquasten hingen. Innen war er zum Bersten voll mit den schrecklichsten verbotenen Büchern, die man sich nur vorstellen kann. Bücher, die man am besten eins wie das andere auf einen Scheiterhaufen geworfen und verbrannt hätte. Wenn man nur ihre Deckel öffnete, drang schon der Moderduft finsterer Katakomben hervor, und ihre Seiten glänzten so bleich wie vom Mondlicht beschienen. Das neugierige kleine Mädchen pflegte sich (nachdem es noch einmal die gesamte Wohnung kontrolliert und unter alle Betten geguckt hatte) auf den Teppich zu setzen und unter den vielen schrecklichen Büchern dasjenige auszuwählen, das ihr gerade an diesem Tag am schrecklichsten und verbotensten erschien. Manchmal hatte sie Pech und geriet an etwas wie das »Handbuch 1839 der Eisenbahnverbindungen in die östlichen Kronländer«, aber viel öfter hatte sie Glück und bekam feine Bücher zu fassen, proppenvoll mit Hexen, Gespenstern, Vampiren, Lebendig Begrabenen, einstürzenden und in Flammen stehenden

Häusern und finsteren Galgenhügeln, auf die leichenblaß der Mond herabschien. Sie waren alle reich und prächtig illustriert, teils in Holzschnitt, teils in Kupferstich, und die besten waren sogar koloriert.

Diesmal fiel ihr ein schmaler schwarzer Band in die Hände, der einen wunderlichen Titel trug: ›*Das Wehe-Buch*‹ stand da, in kleinen zierlichen doppelt gezogenen Goldbuchstaben wie auf einem Gebetsbuch. Sie schlug es auf und sah hinein.

Sie hatte bei all diesem Kramen und Suchen gar nicht darauf geachtet, daß es draußen vor den vorhangverhüllten Fenstern immer dunkler und dunkler geworden war und ein schauerliches Gewitter aufzog: Der Himmel war pechschwarz vor Wolken geworden, mit Rändern wie aus blauer und goldener Tinte, und zuweilen fegte ein sprunghafter, bösartig schnaubender Wind durch die Straßen. In der Stube herrschte ein bleiernes Halbdunkel, das es schwer machte, Bilder und Buchstaben zu erkennen. Aber sie beugte sich immer tiefer und tiefer über das Buch und las weiter. Was für ein seltsames Büchlein das war!

Es war viel, viel schrecklicher als alle die Geschichten von Vampiren und von blutarmen Jungfrauen, die nach einem Anfall im zugenagelten Sarg aufwachten. Schon die erste Geschichte hieß »Wenn du meinst, kannst du ja gehen« und die Illustration dazu zeigte ein kleines Mädchen, das elend im Schneesturm erfror, weil es sein Elternhaus frech und trotzig verlassen hatte. Dann gab es eine, die hieß »Hochmut kommt vor dem Fall« und handelte von einem Kind, das sich insgeheim klüger dünkte als seine Eltern, und weil es sich nicht führen ließ, sondern sich ganz allein seinen Weg durch den Wald suchen wollte, wurde es von zwei Tigern im Dickicht zerrissen. Auf der Illustration sah man ganz genau, wie der eine den Kopf auffraß und dem anderen das Händchen aus dem bluttriefenden Maul hing. Der Schutzengel des Kindes stand mit abgewandtem Gesicht dabei und griff nicht ein, denn aufsässige Kinder verdienen die Hilfe ihres Schutzengels nicht. Eine weitere Geschichte trug den Titel »Der Leseteufel«, und da sah man auf der

Illustration einen häßlichen schwarzen Teufel mit Schwanz und Fledermausflügeln, der einem neugierigen kleinen

Mädchen den Bücherkasten aufsperrte und es mit listigen Gesten einlud, in den Büchern zu lesen.
Als die Kleine an diese Stelle im Büchlein gekommen war, sah sie sich ängstlich um – und da stand tatsächlich jemand in der dunklen Stube. Es war auch tatsächlich ein Teufel (wie sich später herausstellte), aber er hatte eine angenehmere Gestalt angenommen, nämlich die eines weißen Sphinx mit metallisch gefiederten Flügeln und mächtigen Pranken.
»Hallo«, sagte er, während er sich auf dem Teppich räkelte und die Krallen an seinen Pranken betrachtete, ob sie auch alle schön scharf waren. »Na, gefällt's dir? Verbotene Früchte schmecken doch immer am besten, oder etwa nicht?«
»Hallo«, sagte die neugierige Kleine. »Nein, es gefällt mir nicht. Ich finde, es ist ein gemeines Buch.«
»Findest du? So?« antwortete das Ungeheuer, während es seinen Schweif nach vorne rollte und die Spitze, die es mit einer Pranke niederhielt, sorgfältig mit der Zunge putzte. »Du bist ja noch aufsässiger als gedacht. Ich glaube, ich werde dich bald holen kommen.«
»Wohin?«
»Ins Niemandsland«, antwortete der Sphinx. »Willst du mal gucken, damit du dir ausrechnen kannst, was dich erwartet?«
Sie zögerte erst, aber sie war nicht umsonst ein entsetzlich neugieriges Kind. »Angucken schon«, sagte sie.
»Sitz auf«, befahl er.
Sie saß auf und hielt sich an seinem seidenglatten Fell fest. Sofort stieg er auf und fuhr, ohne sich um Plafond und Dach zu kümmern, senkrecht durchs ganze Haus hinauf und in den Gewitterhimmel hinaus. »Guck' runter!« rief er, den Lärm seiner eigenen brausenden Schwingen übertönend. Als sie hinunterspähte, da lag das Land unter ihr so still und leer wie die Schwarze Wüste, eine einzige Einöde aus dunklem Stein und dunklem Sand und den dunklen Löchern, wo der Treibsand in seinen tückischen Trichtern versank. Es

war kalt hier, leichter Schnee flockte aus einem erbarmungslos leeren Himmel. Hier und da glänzte etwas Weißes im Dämmerlicht und hob sich hell von der grauen Staubschicht ab. Entsetzt erkannte sie, daß es Gebeine waren. Sie blickte auf den riesigsten Totenacker, den man sich vorstellen kann – ein Beinhaus mit den Überresten ungezählter Jahre. Die Grenzen dieses Schädelmeeres waren nicht auszumessen – bis über den Horizont hinaus war der dunkle Sand mit Häufchen heller Trümmer besät. Manche waren rund und kugelig und hatten noch die Zähne dran, und manche waren lang und dünn, und manche klein wie Fingerknöchelchen, und alle waren ganz unzweifelhaft Menschenknochen. Knochen von *kleinen* Menschen.

»Siehst du? Siehst du?« rief der Sphinx. »Hier enden sie, die kleinen Luder, die nicht hören können. Jeden zweiten Tag gibt es hier Schneestürme, und mehr als zwanzig Tiger sind beständig unterwegs, um die zu zerreißen, die nicht im Schneesturm erfrieren oder elend im Treibsand versinken. Keinem Kind ist es jemals gelungen, diese Wüste zu durchqueren! Und es wird auch keinem jemals gelingen. Also, nimm dich in acht! – Und jetzt runter mit dir, ich kann Kinder auf meinem Rücken nicht leiden.«

Damit warf er sie kurzerhand ab.

Das Kind fiel und fiel und schlug mit einem entsetzlichen Krach auf der Erde auf – und erwachte auf dem Teppich, wo es unter dem Lesen eingeschlafen war. Den Krach hatte ein Donnerschlag gemacht, der das Gewitter einleitete. Danach war es wieder still und dunkel in der Stube, und nachdem die neugierige Kleine sich zitternd aufgerappelt hatte, schloß sie hastig den Bücherschrank ab und schwor sich, niemals wieder in den verbotenen Büchern zu lesen.

Ob sie den Schwur gehalten hat, ist eine andere Frage.

AUF MESSERS SCHNEIDE

Die Birken des Waldes standen so licht, daß zwei Pferde bequem zwischen ihnen hindurchtraben konnten. Es war im Frühling, der Waldboden war weiß von den Blüten des wilden Knoblauchs und die Luft geschwängert von seinem herben Geruch. Hier und da blühten blau die Vergißmeinnicht. Die beiden Reiter schwiegen – das behagliche Schweigen von Kameraden, die einander auch ohne viel Worte verstehen – und ließen die Pferde gehen, wie sie wollten; sie hatten weiter nichts vor, und ein Teil des Waldes schien ihnen so gut wie ein anderer. Als sie schließlich eine Lichtung erreichten, stiegen sie ab, banden die Pferde an eine Birke und setzten sich nebeneinander auf den sonnengesprenkelten Boden, jeder auf seinen eigenen Mantel.

Sie waren zwei gutaussehende Geschöpfe, wie sie sich da von einem Hintergrund von üppig besticktem Samt und pelzverbrämtem Tuch abhoben – jedes auf seine Weise attraktiv, obwohl sie einander so unähnlich waren wie Raben- und Schwanenfedern. An der Frau war alles weiß wie frischer Schnee, bis auf ihre Augen, die waren wie Feueropale. Sie trug auch weiße, wollene Strümpfe und ein weißes Hemd. Der Mann hatte Haar wie ein See in der Nacht, so glänzend schwarz; sein Gesicht war lehmfarben, und seine dunklen Augen waren von düsterer Melancholie überschattet. Seine Kleider waren dunkelbunt wie tropische Blumen, schwarz und rosenrot und bronzefarben. Über seinem ganzen Wesen schien eine düstere Wolke zu liegen, die sein Äußeres finsterer erscheinen ließ, als es war.

Die Frau jedoch betrachtete ihn mit offenem Wohlgefallen. Sie fand ihn schön und sah ihn gerne an, und sie war stolz, ihn zum Kameraden zu haben. Er stammte aus einem alten vornehmen Geschlecht – einem allzu alten Geschlecht, fanden manche Leute – und verstand mehr von der Kriegskunst als sie. Er lehrte sie, und sie lernte mit Eifer; es wurde ihm von Tag zu Tag schwerer, ihre Schwerthiebe abzuwehren, oder ihrem langen Speer auszuweichen.

Die beiden aßen gemeinsam. Jeder hatte seinen eigenen Picknickkorb mit, denn sie waren beide stolz, aber sie teilten untereinander; wenn er ihr ein Stück Braten gab, gab sie ihm einen Kuchen dafür, und gab sie ihm einen Apfel, gab er ein Brötchen zurück. So aßen sie, bis nichts mehr da war; dann streckten sie sich aus – dicht nebeneinander, aber ohne einer den anderen zu berühren – und schliefen eines, während das andere Wache hielt, und nach einer Stunde wechselten sie ab. Es war ihnen so zur Gewohnheit geworden, auch im sonnigsten friedlichsten Wald, denn sie waren beide Soldaten.

Sie langte nach ihrem Zackenspieß. »Komm. Eine Runde.«

Er hob den Arm vors Gesicht, so daß der lang herabfallende Ärmel seine Züge bedeckte, und rührte sich nicht. Er wäre lieber noch liegengeblieben, in der Sonne dösend, von den sonderbaren Arabesken träumend, die in letzter Zeit mehr und mehr seinen Geist erfüllten (und verdunkelten) ... aber sie gab nicht nach, sie stieß ihn mit dem stumpfen Ende des Speers in die Seite, bis er sich aufraffte und auf die Lichtung hinaustrat.

»Fang an!«

Sie sprang lauernd hin und her, das schlanke Holz mit beiden Händen schwingend. Ihr erster Schlag fiel. Der Mann parierte, seinen Stock hoch in beiden Händen erhebend. »Schneller!« schrie er. »Schneller! Und versuch zu täuschen, bevor du angreifst – so – und noch einmal!«

Sie kämpften drei Runden. Die beiden ersten gewann er, in der dritten schlug sie ihm den Speer aus der Hand, daß er zwischen die Birkenstämme flog. Mit einem Satz sprang sie vor, trat mit der Ferse nach seiner Kniekehle, brachte ihn unvermittelt zu Fall. Bevor er sich wieder aufrappeln konnte, bohrten sich die Zackenspieße in das Hemd über seiner Brust.

Er ließ die Arme und Hände schlaff zur Seite fallen. Schweiß glänzte auf seinem Gesicht. Seine dunklen Augen funkelten zu ihr auf. »Ist's Gnade oder Ungnade, was mich erwartet, Madame?« fragte er.

»Gnade«, antwortete sie rasch, fast verlegen, und zog hastig den Spieß zurück.

Er sprang auf, putzte sich Blätter und Blüten von den Kleidern, kratzte die Stelle, wo die Zacken seine Haut aufgeschürft hatten, und bemerkte, noch etwas atemlos: »Mach so weiter, und ich werde bald anfangen, noch vor dem ersten Schlag und Stoß ›Gnade!‹ zu schreien! – Du mußt mir Revanche geben.«
Sie stützte sich auf den Speer, lachend vor Freude und Stolz. »Gern. Wähl, was du willst.«
»Kampf ohne Waffen.«
Das Lächeln erlosch. Sie blickte zu Boden. »Wir können morgen weiterkämpfen«, sagte sie.
Er lachte, aber sein Lachen hatte jetzt einen anderen Klang. »Morgen! Soll ich mit dieser Schande auf meinem Haupt heimreiten? Soll ich in der Nacht wachliegen und darüber nachgrübeln, daß meine Schülerin mich um ein Haar gespießt hätte wie einen Fisch? Nein, du kommst nicht von hier weg, bevor wir es nicht ausgetragen haben.«
Sie spürte, wie eine Welle von Nervosität sie überlief. Das Kämpfen hätte ihr nichts ausgemacht ... das Kämpfen selbst nicht, nur diese dumme Sache, die er immer anfing, wenn er den Kampf ohne Waffen gewann. Er pflegte seine Siege reichlich auszukosten, vor allem jetzt, wo sie seltener wurden: Manchmal bleckte er die Zähne über ihrem Hals und stellte sich, als sei er ein wildes Tier, das sie beißen wollte, und manchmal brach er frische Brennesseln ab und jagte sie, indem er ihre Waden peitschte, rund um den Kampfplatz ... das gehörte dazu, der Sieger in einem Kampf hatte das Recht, sich Freiheiten herauszunehmen. Aber zuweilen war ein Ausdruck auf seinem Gesicht gelegen, der sie mit Unbehagen erfüllte – der ihn ihr fremd erscheinen ließ, fremd und bedrohlich.
Er merkte ihren Widerwillen, also legte er den Köder aus, dem sie noch nie hatte widerstehen können. »Ich verstehe«, sagte er sanft. »Nun, ich vergesse zu leicht, daß du ein zartes Mädchen bist. Ich vergesse –«
Sie stieß den Eschenstock so wütend auf den Boden, daß er sich eine Handbreit in den weichen Mull grub. Ihre gelben

Augen loderten. »Wenn du drauf bestehst, bin ich dabei. Aber hüte dich, wenn ich gewinne.«
Er lachte laut. Sie war sehnig und zäh, aber er war größer, seine Muskeln waren derber und sein Körper schwerer; er hatte ihr einen großen Vorteil voraus. Sie verringerte diesen Vorteil zwar mit jedem Tag, aber noch hatte er keine Mühe damit, sie aus dem Stand zu wuchten und niederzuwerfen, noch endete jede Runde damit, daß er über ihr kniete und seinen Triumph besiegelte, indem er die scharfe Schneide seines Waidmessers an ihre Kehle hielt. Einmal hatte er das Messer so fest gegen diese Kehle gedrückt, daß ein hauchfeiner perlender roter Streifen zurückblieb, eine zierliche Kette von Blutströpfchen, so klein, daß man sie fast nicht sah ... nur den leisen, brennenden Schmerz fühlte.
Er warf sein langärmeliges Oberhemd ab. Wie bunte Drachenhaut lag es auf den starkriechenden grünen Blättern, die den Boden der Lichtung bedeckten. Nun trug er nur mehr das ärmellose Unterhemd über den ledernen Strümpfen. Selbst das war kostbar – veilchenfarbene Seide mit eingestickten blutroten Blättchen. Er streckte sich wollüstig, stemmte eine Hand in die andere, daß die entblößten Armmuskeln sich wölbten unter der gelblichen Haut. Er war schön und kraftvoll gebaut, und doch hatte er etwas Krankes an sich, etwas Fiebriges, das einem wehrte, ihn zu berühren.
Die Frau zog langsam ihr Oberhemd aus und warf es achtlos beiseite. Ihre kleinen festen Brüste bebten unter dem losen Unterhemd. Sie stellte sich mit gespreizten Beinen in Positur, die Hände vom Körper weggestreckt, die Finger zu Klauen gekrümmt wie eine angriffslustige Katze. Der Mann lachte. Einen Moment lang streckte er ihr die Zungenspitze heraus, dann begann er sich seinerseits hin und her zu bewegen, auf die beste Gelegenheit zum Sprung lauernd.
Blätter und Blüten wirbelten auf, als sie aufeinander zu stürzten.
Sie fuhr blitzschnell beiseite, als ihre Körper einander beinah schon berührten, sprang hinter ihn, federte ab, um ihn

von hinten zu attackieren. Er fuhr herum, und seine Faust zischte haarscharf an ihrer Schulter vorbei. Sie mußte den Angriff stoppen, aber sie hatte von neuem bestätigt gefunden, wo seine Schwäche lag – er war schwerer und schwerfälliger als sie, er schlug zwar härter zu, und wenn er sie einmal gepackt hatte, gab es kaum noch ein Loswinden, aber er war langsam. Sie hatte ihn allmählich im Verdacht, daß er träge wurde. Er aß zuviel und trank zuviel, und es kam oft vor, daß er keine rechte Lust zum Kämpfen hatte, sondern irgendwo in einem Winkel hockte und vor sich hinstarrte wie eine spinnende Katze.

Von neuem liefen sie aufeinander zu.

Diesmal bekam er sie zu fassen, und sie stemmten sich ringend gegeneinander, beide keuchend vor Anstrengung, beide schweißnaß. Wange an Wange schwankten sie hin und her, gruben Zehen und Fersen haltsuchend in das schlüpfrige Blätterwerk auf dem Boden. Die Frau spürte, wie ihre erhitzte Haut an der seinen rieb, spürte seinen Atem an ihrer Schulter, spürte die Kraft, die gegen sie drängte wie die Kraft einer Welle im Meer. Sein Geruch umhüllte sie: Warme Haut, warmes Fleisch, verschwitztes Leder, und darunter ein widerwärtiger, süßlicher Fiebergeruch ... Ihre Muskeln brannten. Sie merkte, daß sie ihm so nicht lange standhalten konnte – sein Griff wurde immer härter, während der ihre allmählich erschlaffte.

Urplötzlich ließ sie sich fallen, genau in dem Augenblick, als er sein ganzes Gewicht auf sie stützte, um sie in die Knie zu zwingen. Ließ sich fallen und rollte blitzschnell rücklings ab, während er, rundum den Halt verlierend, mit beiden Händen wild um sich schlug und vor und zurück stolperte. Sie sprang auf, und noch während er sich verzweifelt auf den Beinen zu halten versuchte, fegte sie seinen Fuß aus dem Stand und schlug ihn gleichzeitig mit dem ausgestreckten Arm vor die Brust. Seine Stiefel rutschten auf den Knoblauchblättern aus. Er fiel wie ein Stein.

Einen Augenblick stand sie da, so verwirrt von ihrem Sieg, daß sie mit den Augen die Lichtung nach dem Gegner absuchte, der ihr zu Füßen lag. Dann schrie sie vor Freude auf, warf sich über ihn, stemmte die Hände gegen seine Schultern. Er schlug, vom Schlag und Sturz benommen, flatternde Lider auf. Mit einer wilden Bewegung riß sie das Waidmesser aus der Scheide, drückte sein Kinn mit einer Hand nach hinten, bis die Kehle straff und gespannt vor ihr lag, und setzte die rasiermesserscharfe Schneide an. Blut perlte, ein kaum sichtbarer roter Saum, aus winzigen Wunden.

Der schwere muskulöse Körper, den ihre Schenkel umklammerten, bebte, von einem heftigen Schauder durchströmt. Plötzlich krampfte er sich zusammen, wölbte sich auf wie der Leib einer sterbenden Schlange, zuckte in einem harten, vom Scheitel bis zu den Zehenspitzen pulsenden Ruck, noch einmal, und noch einmal ... und erschlaffte.

Sie ließ erschrocken das Messer los, wider besseres Wissen von der Furcht übermannt, ihm zu sehr geschadet zu haben. Ihre feuerfarbenen Augen glitten angstvoll über sein Gesicht. Die Lider waren geschlossen. Er atmete schwer und zitternd.

Sie strich ihm mit vorsichtigen Fingern das schweißfeuchte Haar aus der Stirn. »Du –« stammelte sie. Ihre Stimme klang metallisch dünn.

Er schlug langsam verglaste Augen auf, sah sie an, lächelte in den Mundwinkeln, ein Lächeln, das sie in letzter Zeit öfter an ihm sah und das ihr nicht gefiel.

Sie flüsterte, von einer plötzlichen kalten Angst übermannt: »Laß uns das nicht mehr tun.«

Er schwieg, aber sein Gesicht schien von innen heraus immer dunkler zu werden, bis sie es kaum noch anzusehen wagte.

WIE DIE VÖGLEIN AUF DEN LEIM GEHEN

Ich stamme«, begann Anatol seine Geschichte, »aus einem kleinen ärmlichen Dörfchen im königlichen Land, wo meine Eltern eine Schankstube betrieben – ein sehr ordentliches kleines Lokal mit einer braunen Balkendecke und weißgekalkten Wänden, in dem die Bauern und Landarbeiter nach der Arbeit ihr Bier tranken. Vornehme Leute kamen selten zu uns, denn natürlich sah man der Schank von außen an, wie bescheiden sie war, und daß dort Männer mit Stallmist an den Stiefeln an der Bar saßen und sich den Bierschaum aus den zottigen Schnurrbärten wischten.

Eines Abends im Sommer stand ich im Licht der ersten Sterne auf der Dorfstraße draußen und dachte darüber nach, daß ich nicht glücklich war in diesem Dorf. Ich war damals schon ein sehr hübscher kleiner Junge, blauäugig und blondlockig, mit niedlichen Händen und Füßen, und hatte insgeheim etwas Besseres im Leben vor, als für meine Eltern, bei denen es mehr Prügel als Suppe gab, den Hausknecht zu machen. Nun ... und wie ich da stand und zu den schwarzen Hügeln hinüberblickte, über denen eben der Mond aufging, kam plötzlich ein Pferd die Straße entlanggetrabt.

Ich merkte sofort am Klang seiner Hufe, daß es kein Ackergaul und kein Kutschenpferd war. Es tänzelte beim Gehen und schlug mit dem Schweif, und der Reiter mußte es immer wieder kurz am Zügel nehmen, um es ruhig zu halten, so wild und feurig war es. Dann kam es in Sicht, ein prachtvoll aufgezäumter Rappe, und darauf saß ein Mann – ach! Ich hatte von solchen Männern geträumt, aber daß es sie wirklich gäbe, daran hatte ich fast nicht geglaubt!

Seine Kleider waren eins kostbarer als das andere, von der gestickten und bebänderten Mütze angefangen bis zu den bunten Strümpfen; sein Gürtel hatte goldene Quasten an beiden Enden, und sein Kragen war mit Fransen und Perlen geschmückt ... und erst er selbst! Er war so schön, daß einem ganz unheimlich wurde. Als er da so im Dämmerlicht herbeikam, dachte ich, daß sein Gesicht im Zwielicht glänzte wie das Meer, wenn es donnern will, und seine Augen glommen, daß der grüne Glanz seine Augenhöhlen erfüllte. Wo sein Pferd hintrat, blinkte es im Straßenstaub auf wie verstreutes Silber, und um alle seine Kleider schien ein feiner Rauch oder Nebel zu hängen.

Ich bekam Angst, denn nach Einbruch der Dunkelheit treibt sich allerlei auf den Straßen herum, das nicht von dieser Welt ist, aber gerade da hielt der Reiter unter den Nußbäumen am Straßenrand an und rief mir zu: »He, Wirtshaus!«

Das ermutigte mich so weit, daß ich über die Straße lief und fragte: »Was beliebt Euer Gnaden?«

Er warf mir eine Münze zu und rief, ich sollte ihm einen Becher Wein dafür holen.

In der Schankstube war gerade großer Betrieb, so daß meine Eltern nicht auf mich achteten – was mir nur recht war, denn hätten sie meinen feinen Herrn erspäht, dann hätten sie drauf gedrängt, ihm den Wein selbst zu bringen und ihm womöglich noch ein Abendessen und einen Strohsack aufzuschwatzen, und das konnte ich nicht brauchen. Ich spürte, daß meine große Chance da drüben am Wegrand wartete, und während ich einen Becher mit unserem besten (und überhaupt einzigen) Wein füllte, zerbrach ich mir den Kopf, was ich tun und lassen sollte, um sie zu ergreifen.

Als ich auf die nächtliche Straße hinauslief, wartete der Fremde noch immer geduldig unter den Nußbäumen. Ich brachte ihm den Wein, und als ich auf ihn zuging, da wurde mir ganz seltsam zumute, als blickte ich von einem hohen Turm hinunter. Ich sah viele kleine Dinge, die nichts zu bedeuten hatten, ich sah, daß sein schwarzes Pferd rosa Flecken auf dem Maul hatte, als sei die Farbe abgegangen, und daß Blätter und Binsen an den derben Reiterstiefeln klebten. Ich reichte dem Mann den Becher und sah ihn nicht an. Mein Herz schlug, als wollte es gleich beim Mund herausspringen.

Er hatte mir mehr Geld gegeben, als ein Becher Wein kostet, und meine Eltern waren ehrliche Leute, also sagte ich: »Ihr kriegt noch Restgeld raus« und wollte ihm die kleinen Münzen in die Hand drücken.

Er sah mich an. Mir wurde heiß und kalt, als seine grünen Augen da im Zwielicht flammten wie Katzenaugen in einer dunklen Scheune, und mir kam vor, daß sein Haar ums Gesicht züngelte, obwohl kein Wind ging. »Für den Rest kannst du mir einen Kuß geben«, sagte er. Seine Lippen öffneten sich einen schmalen dünnen schwarzen Spalt weit, und die Zungenspitze kam heraus wie die einer Schlange.
»Das darf ich nicht«, antwortete ich und kam mir dumm und bäurisch dabei vor.
Er lächelte. »Nun«, sagte er, »wenn du den Herrn Erzbischof fragst, dann darf ich's auch nicht, aber wen kümmert das schon. Wenn nur wir beide uns einig sind.«
Es schmeichelte mir sehr, daß er von »wir beide« sprach, wo er ein so hoher vornehmer Herr war und ich ein kleiner Schankwirtsjunge, der im Hemd auf der Dorfstraße stand wie ein rechter Töffel. Dann allerdings fiel mir ein, was meine Mutter zu sagen pflegte – daß Leute, die lachten, wenn sie beten sollten, am Galgen endeten.
Ich hatte es kaum gedacht, als zu meinem Schrecken der Reiter laut auflachte und sagte: »Da mag die Frau Mutter schon recht haben, aber das ist eine schlimme Prophezeiung, denn wenn ich schon im voraus weiß, daß ich gehenkt werde, dann will ich auch etwas tun dafür – was meinst du, Hemdenmatz?«
Ich meinte gar nichts, außer daß mir beinahe das Herz stillstand vor Schreck, als ich bemerkte, daß er meine Gedanken lesen konnte.
»Wie steht's nun mit dem Restgeld?« fragte er und streckte die Hand im schweren Reiterhandschuh herunter, um mir hochzuhelfen.
Ich schwieg. Die Chance war da, und wenn ich sie nicht bei den Ohren packte, würde ich mein Leben lang Schankwirt sein, das fühlte ich. Ich setzte den nackten Fuß auf seinen Stiefel im Steigbügel und zog mich am Zaumzeug hoch, und seine Hand hob mich in den Sattel, so leicht, als wäre ich ein Strohwisch. Er setzte mich auf seinen Schenkel und schlug lachend den Mantel um mich, und im nächsten

Augenblick tat das schwarze Pferd einen Satz vorwärts, daß die Funken stoben und der Sand der Landstraße in Fahnen aufwirbelte, und sprengte laut wiehernd davon ...
Wie war mir zumute! Einen Augenblick lang dachte ich wahrhaftig, nun hätte mich der Teufel geholt (es war nämlich nicht das erstemal, daß ich etwas Böses getan hatte), und es hätte mich nicht gewundert, wären wir inmitten von Feuerflammen in die Erde hinunter oder in die Lüfte hinauf gefahren. Aber so schnell das Pferd dahinjagte, und so schrecklich mir das Gelächter des Reiters in den Ohren gellte, ich merkte doch, daß wir auf der Landstraße blieben und mein Ende noch nicht gekommen war. Nach einer Weile zügelte er das Pferd, so daß es erst in Trab fiel, und dann in Schritt, und schließlich blieb es stehen, weit draußen im einsamen Feld, und der Reiter stieg ab.
Und dann ging es los! »Hol Holz! Mach Feuer! Bring mir die Satteltasche! Bring dies, hol das!« Ich rannte hin und her, wie ich zuhause in der Schankstube niemals gerannt war, und mußte aufwarten und bedienen, daß ich ganz außer Atem geriet. Dann, als er fertig gegessen und getrunken hatte (mir waren die Knochen und die Kartoffelschalen geblieben), bog er seine Reitgerte übers Knie und fragte: »Was verdienen Kinder, die ihre Eltern verlassen und heimlich Böses tun?« Und was sollte ich tun, als ihm eine ehrliche Antwort zu geben?
»Hiebe«, sagte ich leise und mit zitternder Stimme.
»So ist es«, antwortete er darauf. Dann prügelte er mich durch den ganzen Beichtspiegel – den kannte er auswendig – und ich konnte ihm nichts verschweigen, er wußte alles, was ich jemals gedacht und getan hatte! Niemand, nicht einmal mein Vater, hatte mich jemals so grausam verprügelt; mir war zumute, als sei eine Schwadron über mich hinweggeritten.
»Nun lauf«, sagte er zuletzt.
Aber ich tat es nicht, denn erstens konnte ich nicht laufen, so weh tat mir alles von seinen Hieben, und zweitens wollte ich auch gar nicht. Wenn es hier wie dort Prügel und

Hunger und den Stiefelknecht spielen hieß, dann wollte ich es doch lieber bei einem schönen reichen Herrn so haben als zuhause in der Schankstube ... und außerdem wäre ich nicht gerne heimgekehrt, nach allem, was passiert war, denn das hätte natürlich eine zweite Portion von der scharfgesalzenen Suppe bedeutet.
Also blieb ich bei ihm.
Und es war nicht das Dümmste, was ich jemals getan habe, denn als wir auf sein Schloß kamen, fand ich dort eine Anzahl anderer Jungen vor, (die hatte er auf ganz ähnliche Weise eingefangen wie mich) die recht zufrieden mit ihrem Schicksal waren. Es war auch gar nicht übel bei ihm ... nicht so übel, wie ich mir's nach der ersten Nacht vorgestellt hatte. Wenn er gut aufgelegt war, gab er uns jede Menge Essen und Trinken, und nahm uns auf den Schoß und herzte uns und fütterte uns mit Braten und süßen Kuchen und heißem Wein. Und wenn er uns nichts zu essen gab, wußten wir längst, wie wir's anstellen mußten, daß wir ihm die Schlüssel vom Bund stahlen, wenn er betrunken schlief, und die Speisekammer ausplünderten. Manchmal erwischte er uns dabei und schlug uns krumm und lahm, aber am Abend hatte er's wieder vergessen. Dann nannte er uns Vögelchen und Liebchen ... ach, manchmal sagte er zu mir: »Komm angeflogen, Vögelchen« und streckte die Hände nach mir aus, und dann neckte ich ihn und rief »Ach Herr, 's sind Leimruten!« und lief ihm davon, und er lief mir nach und fing mich ein und sagte: »Nun mußt du für mich singen, Vögelchen.« Dann sang ich für ihn ...«

DAS JAMMERGEHEUL

Das Zimmer mit den Drachenkaminen zeigte sich im Dämmerlicht des Abends. Die Farben darin hatten ihre Frische eingebüßt und waren wie die Farben getrockneter Blumen und aufgespießter Schmetterlinge. Auf dem langen Tisch waren die Gläser umgestürzt und zerbrochen, das Brot vertrocknet, die Messer verrostet.
Auf dem steinernen Boden, halb unter dem Tisch, lag der Herr des Hauses hingestreckt, reglos, als sei er dort auf den Steinen gestorben. Dann, wie ein Schlafender, regte er sich, hob den Kopf. Er lockerte den Druck seiner Glieder, zog sich mit einer geschmeidigen Bewegung ein wenig von seinem Opfer zurück.
Langsam, auf Knie und Ellbogen gestützt, beugte er sich vor, bis er ihren Nacken mit den Lippen berührte, drückte den Mund darauf, setzte die Zähne sanft und bedachtsam zu beiden Seiten der zierlichen Nackenwirbel und biß besitzergreifend hinein – nicht hart, nicht um zu verletzen, nur um festzuhalten und etwas wie ein Siegel aufzudrücken. Er atmete tief und schwer, als er, die Augen halb geschlossen, blind und taub für alles rundum, in dieser Haltung minutenlang verharrte, von einem so tiefen, so ekstatischen Wohlgefühl durchschauert, wie er es niemals anderswo erlebt hatte. Das Wohlgefühl steigerte sich zum Höhepunkt und klang in einem schmerzlich pulsierenden Zucken aus.
Nach einer Weile kehrte er ins Bewußtsein zurück. Benommen starrte er einen Arm im weißen Ärmel an, eine schlaffe Hand, die auf den glatten Steinen des Fußbodens lag. Ohne recht zu wissen, was er tat, langte er danach, stieß die Hand an, so daß sie hin und her rollte; versetzte ihr, von diesem Schlenkern erregt, einen kräftigen Tatzenhieb, der sie ein Stück weiter über den Boden beförderte. Es hätte Spaß machen sollen, statt dessen stieg Angst in ihm auf. Er zog sich, immer noch auf Händen und Knien, behutsam von dem reglosen Ding zurück.
Und dann, von jähem Entsetzen übermannt, brach er in widersprüchliche Bewegungen aus, wußte nicht, ob er Tier oder Mann war – stieß sie wie mit Pfoten an, rollte sie hin

und her, ergriff sie mit Händen, hob sie halb auf. Sie rührte sich nicht. Er drehte sie herum. Ihre Augen waren geschlossen. Atmete sie? Er horchte, hörte aber nur seine eigenen schweren, fast röchelnden Atemzüge. Er gab einen seltsam hohlen Jammerlaut von sich, während er sich verwirrt mit ihr beschäftigte. Jede Sekunde wurde die Furcht, die ihn erfüllte, größer und dunkler, bis sie ihn plötzlich ins Bewußtsein seiner selbst zurückriß.

Er sprang hoch, stürzte zur Türe, stieß von innen den Riegel vor. Dann lief er zurück, hob den schlaffen Körper auf, trug ihn aufs Bett. Die Kerze blakte, als er den Leuchter hochhob, in ihrem Licht mit brennenden Augen nach Blutspuren suchte. Das Hemd war weiß. Er riß es mit einer Hand zurück, starrte den Körper darunter mit Augen an, in denen jede Lust erloschen war, die in panischem Entsetzen nach einer Wunde suchten. Nichts. Die Haut hier war glatt und unversehrt. Er fuhr herum, sah angstvoll auf seine Hände nieder. Sie waren rein. Er drängte sich nah an die Kerze, drehte die Hände hin und her, spreizte die Finger, schob in seiner schuldbewußten Angst die weiten Ärmel bis zum Ellbogen hoch, aber so viel er auch suchte, nur blasse Haut kam zum Vorschein.

Er fuhr sich mit beiden Händen ins Gesicht, tastete über die fiebrig erhitzten Wangen, über den schmalen Bart, der Kinn und Oberlippe umschloß, immer gewärtig, dunkle Nässe darauf triefend zu finden, aber was er spürte, war nur kalter Schweiß auf der heißen Haut. Immer wieder fuhr er mit den Händen über den Mund, tastete Lippen und Zähne ab, zog die Hände zurück, blickte mit verstörten Augen die weißen Finger an, die weißen Handrücken, auf denen sich wie auf den Händen einer Frau kaum ein dunkles Haar zeigte. Schließlich ließ er, erschöpft vor Erleichterung, die Arme am Leib herabfallen und stand mit geschlossenen Augen da.

Langsam, mit den Schritten eines Betrunkenen, trat er ans Fenster, stützte schwer die Hände auf das dunkle Mauerwerk und starrte hinaus in den sinkenden Abend.

Lange stand er so da, den Blick stier auf die schwarze zackige Silhouette der Wälder gerichtet, über der in metallischem schwarzgefiedertem Türkis der letzte Widerschein des Tageslichts glühte. Dann legte er langsam den Kopf in den Nacken und schrie – stieß ein langes, ohrenzerreißendes Jammergeheul aus, das von den Hofmauern hallte und widerhallte wie das nächtliche Gekreisch kämpfender Katzen. Vögel flatterten erschrocken auf. Ein Hund heulte und begann dann wie rasend zu bellen.

DAS HAUS DES KINDERHIRTEN

aus »Das Wächterhaus«

Ich weiß nicht mehr, ob ich in Ohnmacht fiel und träumte, oder ob der Kinderhirt mich tatsächlich aufhob und an einen anderen Ort trug, aber nach einer Weile war mir zumute, als wäre er aufgestanden, hätte mich hochgehoben und sei mit mir auf den Armen immer weiter in die Höhle hineingegangen. Sie reichte sehr tief in den Berg hinein, denn obwohl er lange Schritte machte, war er eine ganze Weile unterwegs.

Ich war nicht sicher, ob ich ihn merken lassen sollte, daß ich wach war (vielleicht hätte ich dann auf eigenen Beinen laufen müssen, und ich war ohnehin müde). Den Kopf an seiner Schulter vergraben, schielte ich vorsichtig an seinem Nacken und seinem Haar vorbei in das dämmrige Halbdunkel, das die Höhle erfüllte wie das Licht der ersten Tagesstunden. Erstaunt bemerkte ich, daß sich nun in einer Seite der Felswand Fenster öffneten, hohe schmale gotische Fenster, an deren Streben steinerne Tiere emporkletterten (häßliche steinerne Tiere). Als ich den Blick zur anderen Seite wandte, wurde mein Erstaunen – und Unbehagen – noch größer, denn jetzt sah ich, daß wir gar nicht (mehr) in einer Berghöhle in der Knochenwüste waren, sondern in der Bildergalerie in Onkel Abelards Schloß. Ich sah deutlich die schweren, mit Blumen und Schnecken und Weinlaub geschnitzten Rahmen und die dunklen Gesichter, die von dieser Wand auf uns herabblickten ... und wie entsetzlich häßlich sie waren!

Am jenseitigen Ende der Galerie stieß der Hirte mit der Schulter eine Türe auf und stieg eine Wendeltreppe hinunter, die bis in die tiefsten Tiefen der Krypta zu führen schien – wir waren, wie es mir vorkam, stundenlang unterwegs, und mit jedem Schritt, den er tat, wuchs ein Gefühl von Entfremdung in mir, als begäben wir uns langsam in eine völlig andere Welt.

In die kamen wir dann zuletzt auch.

Ob der Ort eine ungeheure Halle oder Höhle war, oder ob er überhaupt kein Dach hatte, war unmöglich zu sagen. Mauern hatte er jedenfalls – hohe Mauern, auf denen die letzten Überreste bunter Fresken verblichen, und Torbögen und Stiegen aus poliertem Stein, und runde und achteckige Fenster, die wie Brillanten geschliffen waren und im Sonnenlicht wunderbar ausgesehen hätten, aber an diesem Ort gab es kein Sonnenlicht, und sie waren so grau wie verstaubte Spiegel. Überall lagen Berge von rotem Mauerschutt und Glas herum, und der Kinderhirt trat auf den Zehenspitzen auf wie eine Katze im Schnee, als er mich darüber hinwegtrug.

»Wir werden im Gartensaal speisen«, sagte er plötzlich. Offenbar hatte er also die ganze Zeit gewußt, daß ich wach war. (Man kannte sich nie recht aus bei ihm, dachte ich, einerseits war er ein Dummkopf, aber andererseits doch ziemlich gerissen.) »Dort ist es um diese Jahreszeit am angenehmsten. Hier, mein Liebling, nun kannst du auf eigenen Beinen laufen.« Damit setzte er mich auf dem Boden ab, hielt aber meine Hand fest in der seinen, damit ich ihm nicht davonlaufen konnte.

Ich hätte es allerdings auch so nicht gewagt, denn diese labyrinthische Ruine sah so fremd und bedrohlich aus, daß ich lieber dicht an seiner Seite blieb. Die Mauern waren so hoch, daß mir beim Hinaufsehen übel wurde. Wenn ich den Kopf in den Nacken legte, sah ich nichts als stumpfes schwarzes Dunkel über mir, in dem es da und dort weiß flimmerte, wie Schnee in einer Winternacht. (Es war wirklich Schnee, stellte ich später fest.)

Wir durchquerten viele Räume, manche mit Dach, manche ohne, in denen unsere Schritte auf die verschiedenste Weise hallten – klong klong, klipp klapp, wie ein Glockenspiel klang es. Zuletzt kamen wir aus all den Arkaden und Treppenaufgängen hinaus in einen Raum, dem die vorderste Wand fehlte: Wo sie hingehört hatte, waren nur Stufen, und diese Stufen führten in ein Meer hinab.

Es war von schöner Bernsteinfarbe, aber es sah doch unheimlich aus, wie es so träge ebbte und flutete und wie ein riesiges formloses Tier an den Stufen leckte, von denen es die untersten schon ganz abgeleckt hatte.

»Nun, zu Tisch!« rief der Kinderhirt und deutete auf den Tisch, der mitten in diesem Raum stand – so lang und leer, daß man darauf hätte Schlittschuh laufen können. Er schob zwei Sessel zurecht, beide mit hohen, geschnitzten Lehnen; auf den einen setzte er mich und auf den anderen sich selbst. Dann hob er die Hand in die Luft und schnalzte laut mit den Fingern. Sofort entstand in dem glatten Meeresspiegel eine Bewegung, als schwimme etwas darunter, und im nächsten Augenblick glitt etwas aus dem Wasser an Land und die Stufen herauf: Ein Salamander, halb so groß wie ich, gelb und schwarz gescheckt und mit goldenen Kugelaugen. Er schüttelte das Wasser von sich ab, richtete sich auf seinen Hinterpratzen auf und watschelte auf den Tisch zu. Während ich ihn noch anstarrte, tauchte hinter ihm schon der nächste auf, und wieder der nächste, bis sieben oder acht von ihnen da standen.
Der Kinderhirt war sehr unhöflich zu ihnen. »Was steht ihr da und gafft, dummes Volk?« schrie er sie an. »Worauf wartet ihr? Vorwärts, vorwärts, Bedienung! Oder muß man sich hier alles selber machen?«
Da flitzten sie nach allen Seiten davon, in die dunklen Löcher und Gänge in den Mauern hinein, aber gleich darauf kamen sie wieder. Die beiden ersten trugen jetzt brennende Kerzen auf ihren Köpfen, so daß wir Licht zum Essen hatten. Sie sprangen links und rechts auf die Enden des langen Tisches und setzten sich dort hin, so still, daß die Kerzen nicht einmal flackerten. Der nächste brachte eine Schüssel mit Wasser.
»Erst werden die Hände gewaschen«, befahl der Kinderhirt. »Und dann will ich sehen, ob sie auch sauber sind.«
Ich wusch mir also die Hände und zeigte sie ihm, und er beguckte sie, beschnüffelte sie gründlich und sagte dann: »Na, für diesmal mag's angehen.« Mittlerweile waren die Salamander eifrig damit beschäftigt, den Tisch zu decken; sie schleppten ein langes schneeweißes Tischtuch an und Geschirr und Servietten, und dann stürzten sie alle zusammen hinaus und kamen mit dem Essen wieder.

»Etwas Suppe gefällig?« fragte der Salamander, der bei Tisch bediente. Ich dachte insgeheim, was für ein Glück es war, daß es mir vor Olmen und Molchen und solchem Viehzeug nicht ekelt, denn sonderbar sah es schon aus, wie er die silberne Suppenterrine in seinen schwarzglänzenden, feuchten Pratzen hielt.
»Was ist es denn?« fragte ich vorsichtig. Ich merkte gleich, daß ich gut daran getan hatte, das zuerst zu fragen, denn als er den Deckel von der Terrine abnahm, da brodelte und rauchte die Suppe darin, daß mir angst und bang wurde, und ich sagte rasch: »Keine Suppe, nein danke.«
Der Kinderhirt aß auch keine.
Dann kam die Vorspeise, und die war fast noch schlimmer als die Suppe, und dann der Braten (noch schlimmer) und die Nachspeise, und mir blieb nichts übrig, als jedesmal »nein danke, nichts davon« zu sagen, denn in den Schüsseln glomm es wie glühende Kohlen und zischte wie siedendes Blei.
»Was ist denn das für ein Höllenfraß!« schrie der Kinderhirt wütend, aber da sagte der Salamander, der gerade servierte, zu ihm: »Euer Gnaden bekommen, was Euer Gnaden bestellt haben, so ist das hier« – und einen Augenblick lang kicherten alle Olme zugleich, daß es sich anhörte, als tropfte Wasser in einem alten Gewölbe. Sie waren aber sofort still, als der Kinderhirt mit der Serviette nach ihnen schlug.
Er war ziemlich übellaunig, als wir zum Kaffee kamen (der in den Tassen kochte) und zum Konfekt (das wie Koks in einem Hüttenofen aussah). Ich konnte ihn verstehen. Ich dachte selbst, was für ein Leben das sei, und so sagte ich vorsichtig: »Meinen Sie nicht, daß es vielleicht doch gescheiter wäre, sich erlösen zu lassen?«
»Wie? Was?« rief er und fuhr hoch, daß er dem Salamander, der gerade mit dem Likör kam, die Karaffe aus der Hand schlug. Sie fiel zu Boden, und etwas Helles floß rauchend heraus und fraß sich in den Stein.
»Es geht das Gerücht um, Sie könnten erlöst werden«, fügte ich mit etwas zittriger Stimme hinzu, denn er blickte mich

Requisiten

furchtbar böse an, und ich bekam Angst, er könnte gehen und mich hier bei den Salamandern zurücklassen. »Und ich meinte – ich dachte – auch wenn es Ihnen vielleicht nicht angenehm ist, so wäre es doch besser, als hier zu hocken, Kinder zu hüten und siedenden Kaffee zu trinken, oder nicht?«

Einen Augenblick legte er den Kopf auf die Seite und schien nachzudenken und mir rechtzugeben. Das merkte ich daran, daß das sengende Feuer in seinen Augen erlosch und sie ein paar Sekunden lang nur grün wie reife Trauben waren ... aber dann lohte es wieder auf, und er lachte heiser und sagte: »Du mit deiner Kinderlogik.«

»Es ist aber doch wahr, oder?« beharrte ich.

»Na, wenn schon!« rief er zornig. »Wenn schon! Das ist alles nicht so einfach, wie du glaubst. Und überhaupt« – dabei fuhr er mit dem silbernen Schäufelchen in die Konfektschale und klatschte mir einen ganzen Berg von dem lodernden Zeug auf den Teller, »iß erst einmal ordentlich auf, bevor du Erwachsene belehrst. Und kämm dich« (dabei riß er mich am Haar) »und zieh dich ordentlich an« (dabei zerrte er mich an den Kleidern) »und wasch dir die Zähne.«

»Die Hände«, korrigierte ich ihn.

»Und du mußt nicht immer alles besser wissen«, sagte er. »Altkluge Kinder machen einen sehr unangenehmen Eindruck.« Im nächsten Moment aber wurde er wieder ganz freundlich ... was bei ihm so Freundlichkeit hieß. »Tja, Liebchen«, sagte er, während er den Arm um meine Schulter legte und mich an sich zog, mitten in seinen grausig süßen, schwülen Geruch hinein, »wie man sich bettet, so liegt man, so ist es nun einmal.«

Er hielt mich so fest, daß ich nicht anders konnte, als mich an ihn zu schmiegen und seine sonderbar weichpelzige, samtige Außenhaut auf der meinen zu spüren. Dann fragte er den Salamander: »Ist alles vorbereitet?« und der antwortete: »Alles nach Wunsch, Euer Gnaden.«

»Wird wohl was Rechtes sein«, murrte der Kinderhirt, aber er stand auf, hob mich hoch und rief den Salamandern zu:

»Worauf wartet ihr? Hier braucht euch keiner mehr, vorwärts, Schlafzimmer beleuchten!«
Da sprangen die beiden mit den Lichtern vom Tisch und liefen uns voraus (aber so geschickt, daß die Kerzen nicht ausgingen) und leuchteten uns einen langen düsteren Weg durch enge Treppenhäuser in einen großen ruinösen Raum. Wie es dort aussah! Ich hatte mir natürlich schon gedacht, daß es nicht besonders gemütlich sein würde, das Essen war mir eine Warnung gewesen, und überhaupt war von dem Kinderhirten in Hinblick auf Behaglichkeit nicht viel zu erwarten, aber sein Schlafzimmer war eine Katastrophe. An dem Himmelbett hingen die schwarzen goldgewirkten Vorhänge herab wie ein Trauerbaldachin, so schwarz und schwer, und sie rochen nach heißem Wachs und Weihrauch und kalten erdigen Stollen. Rund um das Bett lag alles so wüst durcheinander, daß er es mit dem gestiefelten Fuß beiseiteschob, um nicht hineinzutreten, als er das Zimmer durchquerte – Weinflaschen und Strümpfe und Knochen und Juwelen und eine Menge undefinierbares Zeug.
Er warf mich wie einen Sack aufs Bett, das unter mir quietschte und wippte und hüpfte. Wenigstens war es weich – aber dann merkte ich, daß es auf eine recht unbehagliche Art weich war, wie etwas, das sich auflöst, und alle die dicken Kissen und samtenen Decken waren so modrig und glitschig wie Herbstlaub im Regen.
»Mehr Licht!« rief der Kinderhirt den Salamandern zu. »Was ist das für eine Wirtschaft hier! Soll ich im Finstern zu Bett gehen? Braucht ihr alle Prügel, oder wird's auch so?«
Die Salamander (jetzt waren es vier, die ein Licht auf dem Kopf trugen) sprangen eilig auf die vier Bettpfosten, und da der Kerzenschein überall durch den zerrissenen und zerschlissenen Betthimmel fiel, konnte ich ganz gut sehen.
»Dummes Gesindel!« rief der Hirte und drohte ihnen noch einmal mit der Faust, bevor er sich aufs Bett fallen ließ, daß die Sparren krachten.
Eine Weile lag er so da und stierte mich aus seinen brennenden Augen an. Dann lachte er, tief unten in der Kehle

und ohne sein bleiches Gesicht zu verziehen, und fragte mit wispernder Stimme: »Weißt du, was die Leute tun, wenn sie heiraten?«

»Nun – so ungefähr«, antwortete ich beklommen.

»Sie zeigen sich einander nackt«, flüsterte er.

Er drehte mich (wobei er mich sehr fest hielt) auf den Rücken und streckte seine kalte Hand nach meiner Kehle aus, daß ich im ersten Schrecken meinte, er wollte mich erwürgen, aber er griff nach dem Halsband und fuhr mit der Fingerspitze über die Reihe geschliffener roter Steine hin.

»Wie wunderbar es dir steht«, sagte er leise. »Wie ein Schnitt in der Kehle.« Er gab wieder dieses dunkle, gaumige Lachen von sich, bei dem sein Gesicht so unbeweglich blieb. Dann fragte er: »Willst du mein Halsband sehen?«

»Ja«, flüsterte ich, obwohl mir so grauste und graute, daß meine Hände und Füße wie Eisstückchen waren und meine Stimme klang, als käme sie aus einem Flaschenhals. Ich sah ihn erwartungsvoll an, denn ich dachte, er würde etwas aus einer Tasche herausnehmen, aber er rollte sich schwer auf den Rücken, die Hände auf der Brust eingewinkelt, wie Katzen liegen, und drehte den Kopf zur Seite, daß sein welliges schwarzes Haar sich über die Kissen ergoß. »Mach meine Kleider am Hals auf«, flüsterte er.

Ich kniete neben ihm und wußte nicht, was ich tun sollte. Meine Hände waren wie aus Holz, und um meine Stirn schien ein eiserner Reifen zu liegen.

»Mach schon«, drängte er wispernd.

Ich raffte meinen Mut zusammen und beugte mich über ihn. Seine Kleider waren so zerschlissen und zerfallen, daß ich in dem nebligen Zwielicht und dem dunklen Pelz und Tuch nicht recht erkennen konnte, wo die Knöpfe und Schlingen waren. Ich mußte mit den Fingern danach suchen, und das war, als wühlte ich meine Hände in einen Haufen vermoderndes Winterlaub. Ich mußte tief graben, bis ich plötzlich auf sein Fleisch stieß. Es war kalt und glatt und sonderbar seidig, wie das Fleisch einer lebenden

Schlange. Allmählich fand ich dann auch alle Knöpfe und Bändchen und Schlingen und brachte eins nach dem anderen die Kleider auf.

Als ich den Kragen auseinanderzog, drehte er den Kopf beiseite und nach hinten wie ein besiegtes Tier, das seine Kehle anbietet. Es schimmerte weiß aus den dunklen Lumpen. Ich sah – und mir stockte der Atem –, was er ›mein Halsband‹ genannt hatte.

Er blickte mich unter halbgeschlossenen rötlichen Lidern hervor an. »Gefällt es dir?« fragte er.

»Es sieht grausam aus«, sagte ich leise.

»Deshalb dachte ich ja, daß es dir gefallen würde.« Er streifte mit beiden Händen das goldgestickte bräunliche Tuch und den schmalen Kragen völlig beiseite und drehte Kopf und Schultern hin und her und reckte den Hals, so daß ich die gräßliche rotviolette Furche in seiner weißen Haut von allen Seiten sah, die purpurne Strieme, die sich zwei Finger breit ringsum um seine Kehle und seinen stämmigen Nacken zog. Dann beugte er sich über mich und entblößte meinen Hals und betastete das Halsband mit den Fingern und hauchte: »«Merle, mein Kind, sieh mich an: nun siehst du mich nackt. Und ich sehe dich nackt. – Nun sind wir verheiratet.«

Er schob seinen Arm unter meinen Nacken, so daß ich weich und warm an seiner Seite lag, und während er mit seinen langen kalten Fingern voll Gier das Granathalsband liebkoste, murmelte er mir ins Ohr: »Ich will dir etwas erzählen, Liebchen ... aber komm näher zu mir.« Er schlug seinen weiten Mantel zusammen, so daß er über und unter uns war, schwer von Samt und Pelzwerk und der üppigen Stickerei, die wie verblühende braune Blumen darauf wuchs, und gesättigt mit den Gerüchen des verlassenen und gemiedenen Schlosses. Als sein Körper sich an den meinen schmiegte, spürte ich eine seltsame Hitze davon ausgehen. Mir wurde nicht warm, aber meine Haut brannte und prickelte, als hielte ich die Hände an ein Feuer, und ich merkte, daß es nach Brand roch, ganz fern und federleicht,

wie im Herbst Ascheflöckchen von den Feldern fliegen. Die kalten Finger und die Lippen, die zugleich feuerheiß und schneekalt waren, berührten mich an Schulter und Nacken, bis mir alle Haare zu Berge standen.
»Wie schön du bist, mein süßes Lamm. – Halt still.« Das sagte er sehr scharf und leise, denn ich wollte zurückzucken, als er sich tief über mich beugte und die Lippen öffnete, als wollte er mich beißen. Aber wieder tat er mir nichts, sondern leckte mit der Zungenspitze über die Steine und ihre altersdunkle silberne Fassung. Es kam mir seltsam vor, daß er das tat, aber ich wagte nichts zu sagen.
Dann wisperte er: »Rühr mich an.« Er faßte meine Hand und führte sie sanft, aber mit unerbittlichem Druck aufwärts, bis meine Finger seine Kehle berührten. Ich fühlte die Strieme rauh und runzlig in der glatten Haut. Er legte seine freie Hand auf meinen Rücken und drückte mich gegen seine Brust, und so leise, daß ich es kaum verstand, raunte er mir ins Ohr: »Was ist das Schlimmste, das du je gedacht hast?«
Ich fühlte, wie ich zitterte – ich war so hilflos eingeklemmt zwischen seiner Hand und seiner Brust, und alles roch nach ihm, als läge ich in einem Berg modernder Blumen begraben. Was er mich fragte, ging mir durch und durch, wie ein Schluck eiskaltes Wasser durch die Kehle geht, und ich konnte nicht anders (so behext hatte er mich), ich gab ihm Antwort. Ich wisperte, daß ich einmal etwas gedacht hatte, das ich niemanden sagen wollte.
Als er aber hörte, was es war, machte er nur »Bah!« und klickte mit den Fingern. »Was das schon ist! Da mußt du mir schon etwas Besseres sagen.«
Ich versuchte es noch einmal, aber wieder war er nicht zufrieden. »Dummes Zeug!« stieß er hervor. Dann fuhr er mir mit der Hand ins Haar und brachte sein Gesicht nah an meines und knirschte: »Vermaledeites Kind! Hast du nie etwas gedacht, das du keinem außer dem Teufel sagen kannst?«
Da wurde mir ganz kühl und leer zumute. Meine Stimme zitterte nicht mehr, als ich sagte: »Doch, das habe ich.«

Er hielt mitten in der Bewegung inne; seine Hand und sein Gesicht erstarrten gleichzeitig, als sei er in Stein verwandelt worden. Bleich bis in die Lippen, hauchte er: »Sag es mir.«
»Es war ein Traum.«
»Sag ihn mir.« Ich fühlte deutlich, wie seine Finger sich verkrampften. Er öffnete halb den Mund, als wollte er, was ich sagte, einatmen oder einschlürfen. Seine Augen glosten unter halbgeschlossenen Lidern. Es war, als sei ein Licht in ihm angegangen, wie ein Feuer in der Nacht auflodert; so schneeig bleich er auch war, er schien jetzt viel lebendiger – in einer Weise viel wirklicher – als zuvor. Ich spürte, wie durstig er nach meinen Worten war – wie Männer nach Wein durstig sind.
Ich beugte mich ganz nah zu ihm und sagte:
»Ich träumte, ich sei den ganzen langen Weg zurückgefahren in mein Elternhaus und dort durch die Türe getreten. In diesem Traum betrat ich es in Angst. Ich war gekommen, um etwas aufzuräumen und wegzuräumen, bevor es entdeckt wurde, und ein würgendes Gefühl von Schuld und Bedrückung hielt mich umfangen. Alle Türen zu allen Zimmern waren verschlossen und versperrt, und obwohl ich nicht genau wußte, was es war, das darin verborgen lag, empfand ich Furcht und Widerwillen, die Türen zu öffnen. Schließlich sperrte ich einen der Räume auf. Es war halbdunkel darin, ich konnte nichts weiter sehen als einen hohen Kamin, der eine Ecke des Zimmers abschnitt: Ein prachtvoller Kamin war es, mit schwarzen Greifen und fauchenden Drachen und Mohrenköpfen geschmückt und von gebrannten und glasierten Blumen gekrönt. Sein dunkles Feuerloch gähnte mich an wie ein offenes Maul. Da rappelte es mit einemmal, und aus der Asche kugelte etwas Schwarzes heraus und rollte über den Boden, ein ganzes Stück weit, ehe es liegenblieb und mir seine blanken Zähne zuwandte.«
Er stöhnte leise. Seine Finger wühlten in meinem Haar, umfaßten meinen Nacken, als wollten sie ihn zwischen sich zerdrücken. »Gutes Kind«, murmelte er vor sich hin, »gutes

Kind ...« Er meinte wohl mich, aber er sah mich nicht an, und ich merkte, daß er meine Gegenwart nur sehr undeutlich wahrnahm.

Als er sich eine ganze Weile nicht rührte, sagte ich: »Sie wollten mir auch etwas erzählen.«

Er gab keine Antwort.

Ich sagte: »Sie wollten mir das Schlimmste sagen, das Sie je gedacht haben.«

Da bäumte er sich auf und stieg über mich, die Hände neben meinen Schultern, und fletschte die Zähne und atmete mir ins Gesicht, und dann beugte er den Kopf ganz nah zu meinem Ohr und flüsterte mir zu, was das Schlimmste war, das er jemals gedacht hatte.

Es war tatsächlich etwas, was man niemandem außer dem Teufel erzählen kann!

DIE KATZE IM WALD

»Fiona Donaghy, laß deine Albernheiten jetzt! Komm zurück – es wird spät.« Miß Ingram schlug ärgerlich eine Hand in die andere. Ihr Blick schweifte über die Bäume des Parks, hinter denen der Abendhimmel bereits dunkelte. Was hatte dieses Unglückskind jetzt wieder ausgeheckt? Im Schloß war Besuch angesagt, und es wurde erwartet, daß das junge Fräulein und seine Erzieherin pünktlich da waren, um die Gäste zu begrüßen. Was die Etikette anging, war der Vormund, dem das Tun und Treiben seines Mündels sonst herzlich gleichgültig war, ziemlich streng. Fiona würde die nächsten drei Tage damit verbringen, in einem Turmzimmer eingesperrt in der Bibel zu lesen, wenn sie nicht rechtzeitig auftauchte.
Miß Ingram fuhr zusammen, als es in den dunklen Bäumen plötzlich raschelte, als sei etwas aufgesprungen oder aufgeflogen. Wahrscheinlich ein Fasan. Oder war es Fiona, die dort oben auf den efeubewachsenen Stämmen herumkroch? Sie kletterte gut. So zart und mädchenhaft sie aussah – sie war kräftig und gewandt, und das Klettern machte ihr Vergnügen.
Miß Ingram spähte hinauf, ob sie irgendwo auf den dicken, alten Ästen den Umriß einer Kindergestalt erkennen konnte. Sie pfiff laut auf den Fingern. Keine Antwort. Entweder war Fiona meilenweit entfernt, oder sie lag dort oben still. Das hätte ihr ähnlich gesehen ... Sie hatte Miß Ingram einmal zu Tode erschreckt, als sie in einem abgelegenen und düsteren Teil des Parks auf einen Baum geklettert war und lauernd wie ein Luchs oben gewartet hatte, bis Miß Ingram den Weg unter ihr passierte. Dann war sie herabgesprungen – so haarscharf vor ihr, als hätte sie ihr auf den Nacken springen wollen, und hatte sie nur um einen Schrittbreit verfehlt. Miß Ingram hatte ihr Erschrecken nicht verbergen können ... und sie hatte in der Folge wieder einmal die Erfahrung gemacht, daß es nichts Unglücklicheres gab, als Fiona gegenüber Angst zu zeigen. Man mußte sie auslachen, was immer sie tat, dann war sie recht zahm. Aber sobald sie darauf kam, wie sie einen ängstigen konnte, war

sie nicht mehr zu halten. Wahrscheinlich probierte sie jetzt denselben Trick wieder – wartete ab, bis ihre Gefährtin nahe genug war, um sich dann im Dunkel vor ihr herabfallen zu lassen.

Miß Ingram blieb stehen. Die Äste der Bäume streckten sich weit über ihr, und irgendwie war ihr der Gedanke nicht geheuer, daß das Mädchen lautlos und unbeweglich dort oben lag und sie aus seinen kalten blauen Augen belauerte. Sie versuchte es mit einem Trick. »Komm herunter!« rief sie laut. »Ich habe dich längst gesehen, und ich habe deine Spielchen satt.«

Keine Antwort. Nur die Geräusche des Waldes – das Strecken und Knacken der alten Bäume, leichtfüßiges Geraschel im Unterholz, wie Tierfüße es hervorrufen.

Miß Ingram spürte, wie ihre Stimmung sich verdüsterte. Sie würden zu spät kommen, es würde Ärger mit dem alten Herrn geben und ein familieninternes Strafgericht. Fiona würde fauchend im Karzer auf und ab tigern, zu wütend, um zu essen oder zu trinken, und Miß Ingram würde zu hören bekommen: »Sie müssen sich gegen das Kind besser durchsetzen, meine Liebe.«

Sie trabte weiter, hin und wieder zu den Bäumen aufblickend, deren Kronen jetzt langsam schwarz wurden. Sie dachte: Um sich gegen ein Mädchen wie Fiona Donaghy durchzusetzen, brauchte man eine meterlange Peitsche mit eisernen Widerhaken – und es war höchst fraglich, ob selbst das etwas nutzte. Sie hatte nie ein so aufsässiges Kind erlebt.

Die Stille des Waldes zerriß plötzlich ein Laut – ein Flattern und Flügelschlagen, ein kurzes Aufschrillen, der zwitschernde Todesschrei eines kleinen Vogels. Miß Ingram zuckte unwillkürlich zusammen. Die elenden Katzen – nicht genug damit, daß sie einem im Schloß vor die Füße liefen, jagten sie nun auch im Park. Sie hatte nichts gegen Katzen, die in der Küche wohnten und Ratten den Garaus machten, dafür waren sie schließlich da. Aber hier kannten sie allmählich ihren Platz nicht mehr – schlüpften die Stiegen herauf, schlichen unterm Eßtisch herum, schnappten Brocken auf.

Kein Wunder, sie hatten hohe Protektion. Fiona war vernarrt in die hinterhältigen Samtpfoten, schleppte sie auf den Armen herum, lockte sie in die Herrschaftsgemächer, ließ sie sogar in ihrem Bett schlafen. Als Miß Ingram ihr Vorhaltungen gemacht hatte, wie ungesund und unziemlich diese Bettgenossenschaft sei, war das Mädchen in unbeherrschter Wut auf sie losgefahren, so außer sich, daß sie sie fast körperlich angegriffen hätte. »Es sind meine Katzen! Sie haben mir nichts zu sagen! Wenn Sie sie mir verbieten« – einen Augenblick hatte sie sie nur angestarrt, so bleich und atemlos und halberstickt vor Wut, daß Miß Ingram Angst um sie bekommen hatte. Dann schrie sie: »Wenn Sie sie mir verbieten, werde ich ihnen allen den Hals abschneiden und sie Ihnen ins Zimmer werfen!«

Als sie den Waldweg weiterging, fand sie ihre Abneigung von neuem bestätigt, denn auf dem hellen Weg lag, eklig sichtbar im sinkenden Licht, ein Häufchen blutiger Federn – die Überreste eines der Vögelchen, die zuerst so jammervoll geschrien hatten.

Sie wandte sich ab, plötzlich bedrückt von der wispernden Dämmerung unter den Parkbäumen. Sollte Fiona doch tun, was sie wollte – im Stockfinstern durch den Efeu kriechen und mit Spinnen in den Haaren und Ameisen in den Strümpfen heimkehren. Sie war jetzt dreizehn Jahre alt, da brauchte sie kein Kindermädchen mehr.

Miß Ingram legte die Hände an den Mund. »Letzte Warnung, mein Kind!« rief sie, so laut sie konnte. »Komm jetzt heim, oder sieh zu, wo du bleibst.«

Stille. Nur etwas wie ein Tapsen, ein weicher Fußfall, zu leicht und samten, um menschlich zu sein. Das Mädchen ließ nichts von sich hören.

Sie bog in einen Seitenweg ein, der zum Schloß zurückführte. Die Fenster dort waren alle hell erleuchtet, die Gesellschaft, die man erwartete, war also schon angekommen. Vielleicht war Fiona längst wieder im Schloß? Sie hatte Gesellschaften gern, schon deshalb, weil sie dann hundertmal an einem Abend hörte, wie hübsch sie war. Die Damen reichten sie von Schoß zu Schoß, konnten sich nicht fassen vor Entzücken über »das süße Gesichtchen«, wie sie sie nannten, und steckten ihr Zuckerwerk in den Mund. Miß Ingram war der Meinung, daß sie inzwischen reichlich groß war für solche Kindereien. In letzter Zeit häuften sich die Anzeichen, daß aus dem Mädchen allmählich eine stramme junge Frau wurde.

Miß Ingram konnte sich eines leichten Unbehagens nicht mehr erwehren, wenn Fiona – was sie zuweilen tat – sie aus heiterem Himmel mit ihrer Zuwendung überfiel und sie mit fiebrigen Liebkosungen überhäufte. Sie hatte gedacht, sie hätte sich an ihr exaltiertes Wesen gewöhnt, aber jetzt empfand sie manchmal einen Widerwillen, der fast Abscheu war, wenn das Mädchen sich auf sie stürzte, sie oftmals aufs Bett oder in einen Sessel niederriß, so daß sie sich auf sie werfen konnte, Lippen wie Blutegel an ihren Hals preßte und die Fingernägel in ihre Haut grub. Wenn sie sie dann zurechtwies, pflegte sie zu sagen: »Ach, Miß Ingram, ich habe Spaß gemacht, sei nicht so muffig« – und dann lachte sie so silberhell und sah so hübsch und harmlos aus, daß Miß Ingram ihr halb und halb glaubte.

Sie vergaß allerdings nicht, daß Fiona ihre jüngere Schwester auf sehr ähnliche Art attackierte. Sie sprang sie oft an wie ein Raubtier, warf sie nieder, packte sie und kniff und zwickte sie am ganzen Leib, bis die Kleine vor Schreck und Schmerz jämmerlich weinte, und Miß Ingram hatte sich ihre Gedanken gemacht über die Art, wie sie sich dabei steif und zitternd über ihrem Opfer aufbäumte, wie sie bleich wurde und zuckte und die Augen verdrehte, und nur die Tatsache, daß sie doch noch ein Kind war, hatte sie von weitergehenden Schlüssen abgehalten.

Jedenfalls war sie erleichtert gewesen, als ihr Zögling mit einemmal das Interesse an dieser grausamen Belustigung verloren hatte und sich statt dessen dem Leben in freier Natur zuwandte.

Eines mußte man Fiona lassen, dachte Miß Ingram, während sie den dunkelnden Weg entlangschlenderte; sie

war keine Zimperliese. Die einzige Sorge, die sie dem Sportlehrer bereitete, war ihre ungezügelte Aggressivität; sie verstand weder Spaß noch Spiel. Sie kämpfte mit einer besinnungslosen Wut, ohne jede Rücksicht, und wenn sie verlor, verkroch sie sich entweder in tiefer Depression in einem Winkel oder sie sann auf Rache. Beides war nicht angenehm, und Miß Ingram hatte aufgeatmet, als sie unvermittelt das Klettern auf Bäumen interessierte.

Das Aufatmen hielt nicht lange an. Miß Ingram wußte, daß sie auf die Bäume kletterte, um Vogelnester auszunehmen. Wenn sie sie fand, brach sie die Eier auf, schlürfte sie aus und leckte sich die Lippen danach.

»Sie schmecken mir«, war ihre schnippische Antwort auf die Vorhaltungen ihrer Erzieherin gewesen.

Miß Ingram hatte die Achseln gezuckt und nur gedacht: Hoffentlich wird dir kotzübel davon.

Sie blieb plötzlich stehen, überzeugt, ein Geräusch gehört zu haben, ein Knacken und Rascheln, als bewegte sich etwas im trockenen Holz. Zur Linken schimmerten die verwitterten Steinsäulchen eines Geländers durch die Dämmerung. Dort war ein kleiner gepflasterter Platz, wo man im Sommer zuweilen im Freien saß. Sie trat lautlos beiseite und spähte durch die Zweige. Ein Schatten. Ein menschlicher Umriß.

Miß Ingram atmete auf, als ihr klar wurde, daß ihre Suche zu Ende war. Fiona war da. Sie hockte, halb von ihr abgewandt, mitten auf dem Platz auf den Fersen und schien mit irgendetwas eifrigst beschäftigt.

Erst wollte sie sie wie gewohnt zu sich rufen; dann wallte der Ärger in ihr auf, daß sie sie hatte suchen müssen, und rachsüchtige Bosheit durchzuckte sie. Sie beugte sich leise vor, hob ein Steinchen auf und zielte.

Das Steinchen flog und traf das ganz in seine Beschäftigung versunkene Mädchen zwischen den Schultern. Es erschreckte sie mehr, als Miß Ingram vorgehabt hatte; sie fiel vornüber auf die Knie und fuhr herum, pfauchend wie ein Tier und mit glühenden Augen.

Miß Ingram stand einen Augenblick lang unbeweglich. Dann wich sie lautlos zurück, sprang auf den Weg und rannte. Rannte auf das erleuchtete Schloß zu und ließ den dunkelnden Wald hinter sich und das blauäugige Scheusal, das die blutigen Überreste eines Vögelchens gepackt hielt – *zwischen den Zähnen.*

DER RAUNENDE TEICH

An dem Abend, an dem man ›Turandot‹ gab, versprach mir Mr. Roebucker, mir nach der Vorstellung noch den Raunenden Teich im alten Kaiserpark zu zeigen. Es handelte sich um ein Kulturdenkmal der Stadt, und so ließ ich mich überreden, obwohl es bereits reichlich spät und der Abend kalt und windig war.
Mr. Roebucker war ein schlanker junger Mann – jung genug übrigens, um mein Sohn oder mein Liebhaber zu sein – und von etwas pastorenhaftem Wesen. Das heißt, er hielt sich sehr aufrecht und pflegte seine Worte mit eloquenten Gebärden seiner langen, lilienblassen Hände zu unterstreichen. Er hatte flachsblondes Haar und große, aufmerksam starrende, farblose Augen, die ihm zusammen mit einem fliehenden Kinn eine gewisse Ähnlichkeit mit einem Karpfen verliehen.
Wir durchschritten den nächtlichen Kaiserpark – eine Tortur, denn auf dem nassen Kies ging es sich mit hohen Absätzen wie auf Glasmurmeln – bis plötzlich die Stechpalmenhecke aufhörte und wir auf ein kreisrundes, von Bäumen und übermannshohen Kandelabern umrahmtes Rondeau hinaustraten. Ich blieb verblüfft stehen. Es war, als hätten wir – wie die verirrten Wanderer im Märchen – einen Hexensabbath gestört.
Eine Ballgesellschaft unmenschlicher Gestalten schien dort mitten im Schritt erstarrt zu sein. Gespenstige Steinkrüppel, die uns, das Spielbein hoch in der Luft, aus dunklen Uhu-Augen anglotzten. Zwittergeschöpfe mit Menschenschädeln und Fischleibern, die erschreckt ihr Ballspiel unterbrachen. Undefinierbares dunkles Geschmeiß, das sich neugierig über den Rand des Bassins reckte.
»Das ist also der Raunende Teich?« rief ich aus.
Mr. Roebucker nickte. »Kommen Sie nur, unter den Arkaden ist es trocken.«
Er eilte mit flinken kleinen Schritten auf den steinernen Pavillon zu, der sich, von zwei bronzenen Delphinen bewacht, vor der Öffnung der niedrigen Begrenzungsmauern erhob. Zu meiner Überraschung schien er sich hier ganz zu

Hause zu fühlen. Er warf keinen Blick auf die zernagten Steingespenster, die auf der Mauerkrone tanzten, Ball spielten, Amphoren ausleerten oder wie betrunkene Nachtschwärmer dahockten und einen Schwall Wasser in die Tiefe spien. Er fuhr auch nicht zusammen, als irgendwo etwas – wahrscheinlich ein Stein – herabfiel und von Stufe zu Stufe in die dunkle Höhle unter uns hinuntersprang. Ich muß gestehen, das verwunderte mich ein wenig, denn bis dahin hatte ich Mr. Roebucker für einen zimperlichen jungen Mann gehalten.

Aus dem offenen Pavillon führten links und rechts halbkreisförmige Treppen unter Arkaden zum Becken hinunter, das heißt dem oberen Becken, unterhalb dessen sich ein zweites, viel kleineres befand. In den Arkaden war es trocken und halbwegs hell, da über jedem Absatz der vielstufigen Treppe eine gelbe Kugellampe hing. Ich wünschte trotzdem, ich hätte es abgelehnt, mir den Raunenden Teich anzusehen. Zum einen machte mich das ständige Geplätscher und Gerausche der Wasserspeier seelisch und körperlich nervös, und zum anderen wurde mir mit jedem Schritt deutlicher bewußt, daß wir in einen Wasserschacht hinabstiegen.

Die Figuren auf der Mauerkrone erhoben sich höher und höher hinter uns. Wenn ich hinaufblickte, sah ich ihre mißgestalteten Schattenrisse bedrohlich vom schwachen Schimmer der Lampen abstechen. Ich stellte mir vor, wie sie aus bösen Augen unseren Abstieg beobachteten und einander zuzischten. Gegenüber, wo sich die schwarze Wand der Grube stufenlos und nur von den Spitzbogen der Arkaden unterbrochen bis zum Rondeau erhob, hingen sie über die Mauer, als wollten sie jeden Augenblick das Übergewicht bekommen und hinunterplumpsen.

Aus welcher Zeitepoche der Raunende Teich stammte, wußte ich nicht, aber offenbar war es eine gewesen, in der man viel Geld für unnötige Spielereien gehabt hatte. Überall auf den steil zum Wasser abfallenden Mauern kroch aus Stein gemeißeltes und aus Bronze gegossenes Gezücht

herum. Auf dem glatten Steinsims rund um das Becken lagerten Schildkröten, Krokodile, Schlangen – und Kreaturen, die aus den Abfällen der Schöpfung zusammengestückelt schienen. Menschenleiber mit Krötenköpfen, Fische mit menschlichen Händen und Füßen, Sphinxe, Greifen, Harpyien und Nixen und ein fetter, grünspangefleckter Triton, der melancholisch in die finstere Flut starrte.
Mr. Roebucker, der sich nicht so viel Zeit zum Schauen genommen hatte wie ich, war mir weit voraus. Ich hatte erst den vorletzten Treppenabsatz erreicht, als ich ihn unten aus den Arkaden treten und den halbkreisförmigen Kiesstreifen um das Becken entlanggehen sah, dem kleinen Wasserfall zu, der aus einer Lücke in der Umgrenzungsmauer in das darunterliegende zweite Bassin fiel. Dort setzte er sich auf dem Rücken eines bronzenen Unwesens nieder, das einen Schlangenhals aus einem Schildkrötenpanzer streckte – und irritiert nachzusehen schien, wer es belästigte –, stützte das Kinn auf die verschränkten Hände und starrte ins Wasser.
Ich fühlte mich ein wenig befremdet von diesem Verhalten, denn bis dahin war er die Höflichkeit und Aufmerksamkeit in Person gewesen.
Mr. Roebucker stand auf, als ich auf ihn zuging. Der Regen perlte in winzigen Tröpfchen auf seinem flachsblonden Haar. »Nun? Gefällt es Ihnen?« fragte er.
»Nein, ehrlich gesagt nicht«, antwortete ich. Die Nacht war kalt, der Wind schleppte schwere Feuchtigkeit mit sich, und plötzlich war mir dieses schwarze, steinerne Loch mit seinem verrückten Ungeziefer so unerträglich wie eine Pestgrube. »Ich möchte wieder gehen.«
Mr. Roebucker eilte etwas zerknirscht neben mir her und machte einen Schritt, wo ich zwei machte.
Unter dem Eingang der Arkadentreppe jedoch blieb er stehen und sah auf mich herunter, als wollte er etwas sagen und wüßte nicht, wie.
Ich blickte ihn ungeduldig an. »Was ist? Ich friere wie ein Schneider!«

»Würden Sie schon vorangehen, ja?« sagte er, wobei er vage auf die steil aufwärts führenden Stufen deutete. »Ich muß nur ... nun, ein Geschäft abschließen.«
Ich nickte verständnisvoll und begann die beleuchteten Stufen hinaufzusteigen. Mr. Roebucker stakste währenddessen linkisch an der Mauer entlang, warf einen Blick zu den gotischen Bögen hinauf, ob ich auch wirklich brav aufwärts ging, und suchte dann Deckung im Winkel zwischen der Arkadenwand und der Mauer, an einer Stelle, von der aus eine ganze Seilschaft bronzener Fabelwesen zu einer Expedition auf die Mauerkrone aufbrach.
Ich ging mit den eiligen, leicht stolpernden Schritten einer ängstlichen Frau weiter. Einen Treppenabsatz höher blieb ich stehen und rannte auf Zehenspitzen zurück. Sorgsam bemüht, in der erleuchteten Öffnung keinen verräterischen Schatten zu werfen, duckte ich mich hinter das niedrige Sims und spähte hinüber, überzeugt, ich würde ihn bei irgendeiner rätselhaften Aktivität ertappen.
Mr. Roebucker sah tatsächlich seltsam genug aus, wie er zwischen all den vorsintflutlichen Ungeheuern auf dem kahlen Kiesstreifen stand und einen langen, zitternden und halbdurchsichtigen Schatten warf, der aussah, als könnte er sich – wie der des Peter Schlemihl – bei erster Gelegenheit selbständig machen. Er stand mit breit gegrätschten Beinen da, hielt mit einer Hand den Kamelhaarmantel aus der Schußlinie und amüsierte sich damit, in die Luft zu pinkeln. Grandiose Kurven, Schleifen und Achterbahnen glitzerten im fahlen Lampenlicht.
Möglicherweise kam es mir nur deshalb so skurril vor, weil ich bislang nicht den Eindruck gewonnen hatte, daß Mr. Roebucker zu Späßchen neigte. Es war, als sähe ich einem Tiger zu, wie er sich auf dem Rücken rollt und nach Schmetterlingen hascht, oder einem Walfisch, wie er zum puren Vergnügen Wassersäulen bläst. Ein großes Tier spielte da unten, spielte selbstvergessen und kindisch zwischen seinen versteinerten Artgenossen.

Er hatte mich vergessen, den Wagen vergessen, der oben unter den dunklen wassertropfenden Bäumen stand, und vor allem hatte er den steifleinenen Mr. Roebucker vergessen. Er war in eine andere Zeit zurückgeschlüpft, eine Zeit, deren versteinerte Überreste um das pechschwarze Wasser lagen, und dort schwankte er nun in einem schwerfälligen Tanz hin und her und sprudelte einen glitzernden Wasserstrahl in die Luft.
Sein Gesicht war von dort oben nicht zu sehen, nur das im Lampenschein schimmernde blonde Haar, aber seine ganze Haltung drückte eine gewisse Enttäuschung aus, als das einsame Wasserspiel ein Ende nahm. Er stand mit gesenktem Kopf da, starrte zwischen seinen auswärts gedrehten Füßen auf den schwarzweiß gefleckten Strand und schüttelte sein ausgepumptes Anhängsel so enttäuscht wie ein Säufer die leere Flasche.
Es dauerte ein bißchen, bis ich begriff, daß er nicht nur bemüht war, die letzten Tropfen herauszupressen.
Anscheinend war er ganz sicher, daß ich längst außer Sichtweite war, oder der Zauber des Ortes hatte ihn tollkühn gemacht, denn er benahm sich keineswegs verstohlen. Im Gegenteil. Er stützte den Ellbogen auf das Haupt eines bronzenen Tritonen, der ihn mit offenem Maul anstarrte, lehnte sich lässig gegen ihn – genauso, wie die Männer auf uralten Fotografien gegen Pappsäulen gelehnt standen –, stemmte ein Bein gegen den hochgewölbten Rücken einer Schildkröte und musterte die leblose Versammlung, die ihm fasziniert zuzusehen schien, mit Feldherrnblicken, während aus dem verträumten Herumspielen seiner weißen Finger allmählich eine erst langsam, dann immer schneller schüttelnde Bewegung wurde.
Es sah komisch aus, und gleichzeitig auf eine unangenehme Weise befremdend, wie eine Szene aus einem bösen Traum. Hätte er sich diskret an die Mauer gedrückt oder wenigstens den Mantel vor seine eifrig beschäftigten Finger gehalten, so hätte ich mich mit der Feststellung begnügt, daß auch in einem jungen Mann von pastorenhaftem Wesen ein

dunkler Pfuhl der Triebe brodelte. Aber wie er sich anstellte – wie er sich spreizte und blähte! Wie er sich vor den leeren Metallaugen seiner Zuschauer in Positur warf! Die ganze Monsterhorde schien ihn anzustarren, wie sie da im Halbkreis vor ihm hockte, auf Hinterpfoten kauernd, auf Krokodilschwänze gestützt, auf flachen Steinen ruhend – ein Konglomerat schwärzlich-grün schillernder Rücken, gezackter Flossen, gespreizter Schwimmhautfinger, kugelrunder Bäuche, vorquellender Teleskopaugen ...
Plötzlich stockte er und sah sich nach allen Seiten um. Ich wollte schon aufspringen und flüchten, als ich bemerkte, daß dieses Zögern nichts mit mir zu tun hatte. Er war nur auf einen Gedanken gekommen.
Er drehte sich halb herum und strich mit der Handfläche über den glänzenden Bronzeschädel des kleinen Tritonen, der mit offenem, von wirren Bartfäden umhangenem Maul zu ihm aufblickte wie ein Kind zu seinem Lehrer. Seine weiße Hand blieb auf dem dunkelglänzenden Nacken liegen, spielte leise hin und her, kraulte die wasserfleckigen Schnörkel der Locken. Mit der Rechten schob er den Kamelhaarmantel hinter den Rücken und öffnete, wie es aussah, den Zipp bis zum Anschlag; seine Finger kramten aufgeregt in blütenweißer Wäsche. Ich sah, wie er erst die Hosen und dann die Unterhose auf die Schenkel herunterstreifte – und dann wandte er sich der bronzenen Figur zu, preßte den nackten Unterleib dicht an das offen klaffende Maul und begann sich – die Beine so weit gespreizt, daß er in den Knien einknickte – vor und zurück zu schaukeln.
Es wunderte mich, daß die Kälte dieses metallenen Rachens seine Geilheit nicht abkühlte. Soviel ich gesehen hatte, waren die Figuren alle bereift und beschlagen gewesen – aber das schien ihn nicht im geringsten zu stören. Er bewegte sich langsam, fast träge, die Augen halb geschlossen. Die Hände auf die Hüften gestützt, schob er sein pralles Glied in das metallene Loch und ließ es darin hin und her gleiten. Die Bronzefigur glotzte stumm, Bartfransen glänzten rund um die wulstigen Fischlippen, lange grüne Kiemen lappten

am Hals. Das Ding warf einen kalten Schatten, und Mr. Roebucker, der wie ein Betrunkener vor und zurück schwankte, warf einen gleichen, nur größer, bläulich und fahl wie ein Schatten auf Wasser – das einzig Bewegte an diesem frostigen Strand.
Dann richtete Mr. Roebucker sich hoch auf, klammerte beide Hände um den Nacken der Figur und fickte in raschen, krampfhaften Stößen in den aufgesperrten Rachen hinein. Plötzlich warf er den Kopf zurück. Ich sah seine weißen Zähne und das Weiße in seinen aufwärts verdrehten Augen. Sein ganzer Körper zog sich in einem heftigen Schauer zusammen und gab dann, fast widerwillig, in langen Stößen dem aufgestauten Drängen nach. Er sank zurück, bis sein ganzes Gewicht auf den verschränkten Händen lag, bäumte sich sonderbar langsam auf und preßte sich an den monströsen Metallschädel, daß ihm die Spitzen und Zacken schmerzhaft in den Bauch dringen mußten.
Ein paar Sekunden lang erstarrte sein Gesicht in einem Ausdruck, daß er eher einem Gehenkten ähnelte als einem Mann auf dem Höhepunkt der Lust. Die Zunge glitt zwischen den Lippen hervor, eine feuchte Haarsträhne klebte an der Wange fest. Ich hörte ihn aufschreien und stellte mir vor, wie sein Samen warm und geil in die schwarze Höhlung klatschte, das Fischmaul füllte und von den Kiemen troff.
Mr. Roebucker brauchte eine ganze Weile, bis er wieder zu sich kam. Erst stand er nur da und sah sich mit törichtem Ausdruck um, dann fuhr er zusammen, raffte eilig die Hosen hoch, schloß den Kamelhaarmantel und begann zu laufen, so unsicher, daß ich erwartete, er würde jeden Augenblick über die eigenen Füße fallen. Sein Schatten flatterte hinter ihm drein, als hätte er Mühe, ihm auf den Fersen zu bleiben.
Ich raste die Treppen hinauf, so schnell ich konnte, und dann wartete ich in aller Unschuld unter den nebelverhangenen Bäumen, bis Mr. Roebucker, steif und bläßlich wie eh und je, oben an der Treppe erschien.

ENTRE NOUS

-1-

Der Mann mußte sie schon eine ganze Weile beobachtet haben, aber Riffraff bemerkte ihn erst, als er unmittelbar unter ihr war. Er war so leise herangekommen, daß selbst ihre scharfen kleinen Ohren keinen Schritt gehört hatten; ein Schatten im Halblicht des schwarzen, verschlungenen Waldes, der schlangengleich näherglitt, aufblitzend, wo ein Lichtstrahl durch die moderbärtigen Bäume fiel, dunkelbunt in den schwärzlichen Nischen und Höhlen der Schatten.

Wie ein altes Haus war dieser Wald, wie eine verfallene Kirche. Endlos hoch erhoben sich seine Pfeiler himmelwärts, einem im Abenddunkel verdämmernden Dach zu. Diese Reihen von Pfeilern und Säulen entlang war der Mann gekommen, aus einem Schatten in den anderen gleitend. Jetzt stand er ein paar Schritte von ihrem Baum entfernt in der Dunkelheit zwischen den Stechpalmenbüschen und den efeuumwachsenen Stämmen am Rande der kleinen Lichtung und blickte zu der Astgabel hinauf, in der sie kauerte. Sie war leicht zu sehen, denn über der Lichtung war der graublaue Abendhimmel offen, und man sah die ersten blassen Sterne blinken.

Als er merkte, daß er entdeckt war, fragte er: »Was machst du dort oben, mein Kind?«

Sie fühlte, wie ihr Herz schneller schlug. Sie kannte sich nicht besonders gut aus mit den vornehmen Herrschaften, aber so reich gekleidet, wie er war, mochte er ein Vogt oder Amtmann oder etwas noch Höheres sein – vielleicht sogar der Herr der Burg, deren finstere Türme sie hinter den Bäumen gesehen hatte. Und einen Augenblick lang dachte sie, er könnte am Ende etwas ganz anderes sein, etwas, das nicht in diese Welt gehörte; ein Elf, der sie mit sich in sein unterirdisches Reich schleppen wollte, oder der Teufel selbst, der einem armen Mädchen in dieser Gestalt erschien, denn der Fremde war fast zu schön für einen lebenden Menschen.

Sein Haar war lang und sah so schwarz und weich aus wie die kostbaren Pelze, die Ratsherren und Bischöfe auf den Schultern trugen. Sein Gesicht war dreieckig und so bleich, daß es im Zwielicht zu leuchten schien. Er war prachtvoll gekleidet, bunt wie eine Schlange; sein Gewand war gerafft und geschlitzt, mit blutrot leuchtender Seide gefüttert und mit samtenen Bändern verziert, wie sie noch nie eines gesehen hatte. Der breite Gürtel, der zweifach geschlungen um seine Mitte hing, war bestickt mit einem Muster roter Ranken, die kugelige schwarze Früchte trugen – wie Tollkirschen sahen sie aus. Seine engen Strümpfe waren von zweierlei Rot, und auf dem Kopf trug er eine gewundene und geschlungene Mütze aus himbeerrotem und rosenrotem und purpurnem Samt, von der zwei lange goldgestickte Bänder auf seine Schulter herabhingen.
»Ich sammle Holz, Sire, halten zu Gnaden«, antwortete sie, so höflich sie konnte. Es war gelogen – sie hatte andere Dinge gesammelt, wilden Knoblauch und Seidelbast, giftige Pilze und Stechpalmenbeeren, und auf den Baum war sie geklettert, um Hexenbrote abzuschneiden, aber das brauchte der fremde Mann nicht zu wissen. Je weniger Leute das wußten, desto geringer war dic Gcfahr, daß auch das Inquisitionsgericht davon erfuhr.
»Das Holz hier gehört mir«, sagte er. »Du stiehlst es.«
Er kam mit glatten weichen Schritten näher. Sein Tritt war so leicht, daß das lange, dämmergraue Gras der Lichtung sich hinter ihm wieder aufrichtete, als wäre niemand darübergegangen.
Riffraff kletterte vorsichtshalber eine Astgabel höher, als sie entdeckte, daß er eine Reitgerte in der Hand trug. Auf dem hohen Ast blieb sie sitzen, zog ihr zerlumptes schwarzes Hemdchen um sich zurecht und kämmte mit den Fingern ihr strähniges rostrotes Haar. Sie wußte nicht, was sie tun sollte. Irgendetwas an dem Mann war sonderbar, war anders als an anderen Männern, sie konnte nur nicht sagen, was. Sie stemmte die bloßen kleinen Füße fest auf den Ast und spähte hinunter.

Er kam dicht an den Stamm heran und blickte zu ihr auf, die Gerte immer noch in der Hand. Plötzlich lächelte er sie an. Seine Zähne waren hell und regelmäßig, seine Lippen so farblos, daß sie sich kaum von der übrigen Haut abhoben. Seine Stimme klang ganz freundlich, als er sagte: »Diebe lasse ich hängen, weißt du. Auch wenn es kleine Mädchen sind.« Er zögerte einen Moment, dann fügte er hinzu: »Die hänge ich sogar eigenhändig auf.«
Sie starrte ihn an. Das Bewußtsein, daß er sie nicht erreichen konnte – nicht einmal mit der Spitze der Gerte –, erweckte in ihr ein trügerisches Gefühl von Sicherheit.
»Ja«, sagte er und nickte, immer noch freundlich lächelnd. »Das ist eine ziemlich unangenehme Prozedur, vor allem, weil ich dafür sorge, daß es sehr lange dauert. – Aber du kannst mir natürlich das Holz auch bezahlen, dann sind wir quitt.«
Riffraff fragte vorsichtig: »Und wie, Sire? Ich habe kein Geld.« Sie hatte, genaugenommen, überhaupt nichts, nur ein zerschlissenes Bündelchen, in dem sich eine Alraunwurzel und eine Glaskugel und eine lebende Feldmaus befanden. Sie hatte nicht einmal ein süßes Gesichtchen oder blondlockiges Haar (trotz ihrer neun Jahre war sie lebenserfahren genug, zu wissen, daß Männer dergleichen in Zahlung nahmen).
Er überraschte sie. »Du kannst mir einen Kuß geben«, sagte er leise, und dabei legte er beide Hände flach auf den Baumstamm und streckte sich, bis er auf den Zehenspitzen stand und aussah wie eine Katze, die an den Sahnetopf will. Er machte auch solche Augen. Sie sah jetzt, daß seine Augen groß und grün waren, und als er zu ihr heraufblickte, begannen sie von innen zu leuchten wie zwei Lichtlein in einem dunklen Raum. Seine Hände, die sich eben noch flach an die Borke gepreßt hatten, zogen sich zusammen, streckten sich wieder, zogen sich zusammen. Bei jedem Zusammenziehen kratzten seine Nägel über das rauhe Holz, und jedesmal schienen sie schärfer zu werden.

»Komm herunter, kleines Mädchen«, flüsterte er. »Komm herunter und gib mir einen Kuß.«
»Ihr wollt mich aufhängen, Sire«, wandte sie ein.
Das Leuchten in seinen Augen erlosch. »Papperlapapp!« sagte er und machte mit einem Mal ein ganz liebes und gutes Gesicht. »Was bist du doch für ein albernes Kind! Ich habe Spaß gemacht. Sehe ich so aus, als würde ich dir wehtun?«
Riffraff fand, daß er gerade so aussah, aber das sagte sie nicht.
Er trat einen Schritt zurück, schob eine Hand tief in seine Kleider und brachte ein rotes Beutelchen hervor. Er zog die Schnur auf, und zum Vorschein kam eine bunte Zuckerstange, rundum bereift, als wäre Schnee darauf gefallen. Er schob die Stange in den Mund und biß hinein (dabei sah sie, wie spitz die Zähne in seinen Mundwinkeln waren), und während er sich den dicken Zuckersaft von den Lippen leckte, holte er eine zweite Zuckerstange heraus und reichte sie mit der ausgestreckten Hand hinauf. »Da, für dich, dummes kleines Mädchen«, sagte er. Sie griff vorsichtig zu, faßte die Zuckerstange am äußersten Ende und riß sie an sich. Er tat aber gar nichts dergleichen, als wollte er sie packen, sondern trat zurück und setzte sich ganz friedlich ins Gras. So taten sie eine Weile beide dasselbe: Sie saßen (Riffraff auf der Astgabel, der Fremde im Gras der Lichtung), schleckten an Zuckerstangen und beobachteten einander.
Schließlich sagte der Mann: »Du bist wohl sehr dumm, nicht wahr?«
»Eigentlich nicht«, antwortete Riffraff, die alle ihre neun Jahre lang gehört hatte, daß sie ein sehr häßliches, aber kluges Kind sei.
»Aber doch«, widersprach er. »Deshalb habe ich dich so leicht zum Narren gehabt.« Er streckte einen Zeigefinger gegen sie aus und fegte spöttisch lächelnd mit dem anderen darüber hin. »Ei, Dummkopf, der wirklich glaubt, ich würde dir den Hals abschneiden.«

Riffraff dachte daran, daß er vom Halsabschneiden gar nichts gesagt hatte, sondern vom Aufhängen.
»Im Gegenteil«, fuhr er fort. »Ich würde dich auf die Arme nehmen und in mein Schloß tragen, und wir würden zusammen essen, und du würdest in meinem Bett schlafen.«
Sie konnte nicht anders, sie mußte darüber nachdenken, was jemand, der Zuckerstangen in der Tasche hatte, wohl sonst zu essen bekam, und sie stellte sich sein Bett vor, so bunt und rot wie seine Kleider und so weich und glänzend wie sein ebenholzschwarzes Haar. Der Nachgeschmack der Leckerei in ihrem Mund war voll von Verheißungen. Ihre Vorstellungen von Luxus erschöpften sich in der Erinnerung an gebratene Forellen mit Kartoffeln und das weiche Bett in einem Klosterhospiz, als sie einmal sehr krank gewesen war; was darüber hinausging, war Ahnung und Vision, aber sie spürte etwas wie eine dunkle Süße um sich, Wärme, einen Nebel von Völle und Trägheit und den Geruch und Geschmack des Fremden, den sie mit dem Geruch und Geschmack seiner Leckerei gleichsetzte.
Er stand langsam auf und kam herbeigeschlendert, die Hände in den langen, weiten Ärmeln seines Gewandes verschränkt, als wollte er deutlich machen, daß er nichts Böses im Sinn hatte. »Magst du Bratäpfel?« fragte er freundlich. »Mit Honig und Zibeben drin?«
Riffraff leckte sich die Lippen.
Er zog die Hände aus den Ärmeln und streckte sich am Stamm hoch, ermutigt und erregt von ihrem Zögern und Vor-sich-hin-Starren. Seine Stimme war weich und dunkel. Er flüsterte: »Ich würde meinen Dienern sagen, daß sie dich bedienen müssen ... ich habe zwei Diener, beide schön und gut wie ich, und sie würden dir Zuckerwerk und süßen, heißen Wein bringen, so oft du es ihnen befiehlst. Möchtest du nicht gerne befehlen?«
»Ich weiß nicht«, antwortete sie, um irgendetwas zu sagen, während sie – wie ihre Großmutter das nannte – ›ihren

Verstand zusammenzunehmen versuchte‹. Sie spürte, daß der Fremde sie betrunken machte mit seinen Reden, ihr wurde ganz schwindlig und schwach, wenn sie seiner sanften dunklen Stimme zuhörte und in seine grünen Augen blickte, die immer schwefliger zu leuchten schienen, je tiefer der Abend dunkelte. Am liebsten wäre sie vom Baum gefallen wie ein überreifer Apfel, geradewegs in seine rotseidenen Arme, und hätte die Hände um seinen Nacken geschlungen und ihn geküßt, lange und hingebungsvoll und auf eine Art, die ihre Großmutter verworfen nannte. Sie hatte das Gefühl, daß etwas Verworfenes genau das Richtige für diesen Fremden war.
Er preßte sich an den Baumstamm, schloß die Augen und öffnete halb den Mund. »Komm und küß mich, Kind.«
»Lieber nicht«, sagte Riffraff, die ihren Verstand zusammengenommen hatte.
Da sprang er plötzlich hoch und angelte mit gespreizten Fingern nach ihr, und um ein Haar hätte er ihr Hemdchen zu fassen bekommen, das über den Ast herabhing. »Komm runter!« rief er wütend. »Komm sofort runter, oder ich hole dich, und dann geht's dir schlecht.«
Sie setzte den Fuß zitternd auf den nächsthöheren Ast. »Es geht mir gewiß auch schlecht, wenn ich runterkomme, bitte um Verzeihung, Sire«, rief sie hinunter und zog sich hoch, gerade rechtzeitig, bevor er ein zweitesmal hochschnellte. Er fauchte böse, als er merkte, daß sie weit außerhalb seiner Griffweite war. Sie mußte lachen, denn in seiner Wut und Enttäuschung rannte er zwei- oder dreimal rund um den Baum, und dabei riß ihm ein Zweig die Mütze herunter und zerraufte sein Haar. Er sah sich nicht einmal danach um, obwohl es eine so schöne und kostbare Mütze war, sondern lief hin und her, den Blick zu ihr erhoben, und schlug mit den Händen in die Luft, als wollte er Fliegen fangen.
Sie saß hoch oben auf ihrem Ast und lachte. Sie konnte einfach nicht anders – es sah so komisch aus, wie er da herumsprang und pfauchte und seine weißen Zähne bleckte wie eine Katze vor dem Taubenschlag.

Im nächsten Augenblick ging ein Ruck durch den ganzen Baum, und Riffraffs Herz tat einen Sprung, als wollte es

beim Mund herausfahren, denn der rote Fremde war mit aller Kraft hochgeschnellt und hatte den untersten Ast zu fassen bekommen, und jetzt saß er auf diesem Ast!
Sie starrte stumm und mit offenem Mund nach unten.
Er hockte in der Astgabel, die Hände auf dem nächsthöheren Ast, und lächelte zähnefletschend. »Was bist du für ein Biest, kleines Mädchen!« zischte er zu ihr hinauf. »Ich mag kleine Biester – die zappeln am längsten.« Damit schlüpfte er einen Ast weiter hinauf, immer dicht am Stamm entlang. Sie versuchte, noch höher zu klettern, aber die Äste dort oben waren sehr dünn, waren kaum mehr als Zweige, und sie knarrten und knackten, als sie den Fuß darauf setzte. Einen Augenblick war sie von solcher Angst erfüllt, daß sie beinahe blindlings in die Tiefe gesprungen wäre. Der Mann wand sich katzengleich um den Stamm herum, setzte die Füße geschickt von einer Astgabel in die andere, schob sich vorwärts, und dabei zischte er vor sich hin – zischte sie an – gab halb tierische und halb menschliche Laute von sich, einer so bedrohlich wie der andere, Laute, die von Zerreißen und Zerfleischen und Zermalmen sprachen, bis sie bei jedem dieser wilden Geräusche meinte, ihre Knochen knacken und ihr Fleisch ächzen zu hören. Dann krachte es plötzlich so furchtbar, daß sie, vom Schock verwirrt, tatsächlich dachte, er hätte sie schon gepackt und ihr die ersten Knochen gebrochen – aber es war ein Ast gewesen, ein Ast, der unter seinem Gewicht brach!
Ihr Verstand (der jetzt sehr gut funktionierte) begriff: Er war viel schwerer als sie, die Äste, die sie getragen hatten, trugen ihn nimmermehr, warfen ihn ab, stürzten ihn in die Tiefe!
Sie hielt sich zitternd fest und spähte aus ihrer luftigen Höhe hinab.
Er war nicht abgestürzt. Geschickt wie eine Katze, hatte er sich gefangen und stand nun auf dem höchsten schwarzen Ast, der stark genug war, sein Gewicht zu tragen – stand tief unter ihr und spuckte und fauchte in seiner Wut zu ihr hin-

auf. Den Rücken durchgedrückt, scharrte er mit den Nägeln am Stamm, riß den Mund auf, daß die Zähne fahlweiß aus der dunklen Höhlung hervorleuchteten, funkelte aus schwefligen Augenschlitzen. Noch einmal versuchte er, höher zu steigen, aber der Ast ächzte und bog sich, noch bevor er sein ganzes Gewicht darauf verlagert hatte, und er sprang hastig zurück.

Minutenlang starrten sie einander an, beide schwer atmend, beide so angespannt, daß ihnen die Muskeln zitterten.

Dann veränderte er plötzlich seine Stellung. Im schwindenden Licht sah sie, wie er zu ihr herauf lächelte, so vergnügt wie ein Kind beim Spiel. »Aufgepaßt, mein schlimmes Schätzchen!« rief er. »Jetzt halt dich fest, sonst geht's dir schlecht!«

Und er begann, den Baum zu schütteln.

Eine Weile sah sie ihn noch, wie er da stand, in der Astgabel verankert, ein roter Schatten, dann nahm ihr das Wippen und Flirren der Blätter und Zweige den Blick nach unten, und bald spürte sie, wie es immer schwerer wurde, sich festzuhalten. Er rüttelte und schüttelte den Baum mit einer erschreckenden Kraft, und Riffraff spürte, wie einmal ihre Füße aus der Astgabel glitten, wie einmal die eine, dann die andere Hand ihren Griff lockern mußte. Schwarze Zweige peitschten an ihr vorbei, schwarzes Laub raschelte ihr ins Gesicht, lange schwarze Lianen lösten sich und angelten nach ihr. Sie fühlte, wie die schwankenden Äste sich bogen, hörte sie knacken und knarren und sah sie bedrohlich in die Tiefe hinabnicken.

Halb erstickt vor Angst, rutschte sie ein Stück tiefer, wo die Äste dicker waren – und glitt ab... Eine Hand fuhr von unten herauf und faßte sie, zerrte sie durch Laub und Zweige abwärts. Es war, als würde sie unter Wasser gezogen. Das letzte, das sie spürte, war etwas Heißes, Nasses auf ihrer Kehle, von dem sie nicht wußte, ob es ein Kuß oder eine Wunde war.

-2-

Sie schwebte in roten Nebeln über etwas, das ein purpurnes Meer voll Tang war, oder ein purpurnes Bett, oder eine Wiese voll purpurnem Gras. Der Fremde schien sie von allen Seiten zu umgeben, denn sie spürte ihn an ihrem Bauch und ihrem Rücken, im Gesicht und an den Fußsohlen; er war wie etwas Dunkles, das sie rundum umgab und mit sanftem Zwang an sich preßte. Sie hatte erwartet, daß er sie augenblicklich zerreißen würde, aber jetzt, wo er ihrer sicher war, ließ er sich Zeit. Sie wurde um ihre eigene Achse gedreht, als er sie hin und her rollte und sich damit vergnügte, ihre schlenkernden Hände und Füße anzustoßen. Sie überschlug sich leicht und weich, als springe sie durch die Luft, und um sich glaubte sie helle Funken flammen zu sehen wie Kerzen – oder Sterne – oder zwei irrwischgrüne Augen.
Eine Sekunde lang kam sie ganz zu sich, wie aus tiefem Schlaf geschreckt. Da war sein Körper nah über ihr, die Unterarme und Hände flach an den Boden gepreßt, das Hinterteil hoch auf den Schenkeln aufgerichtet; da schniefte und schnüffelte er wollüstig an ihrem Bauch entlang und schob im Weitergleiten das Hemdchen hoch, als wollte er ihren Geruch verzehren. Seine Lippen hinterließen einen nassen Streifen auf der Haut, seine Zähne eine zarte rote Spur.
Dann stutzte er plötzlich. Nieste. Schüttelte den Kopf. Ein schwarzer Schatten hob sich hoch über ihr und fuhr wieder herunter, und auf einmal begann er, wie von Verblüffung und Argwohn erfaßt, rundum an ihr zu schnuppern. Sie spürte seine Nasenspitze und seine feuchtwarmen Lippen in rascher Folge hinter ihren Ohren (links, rechts), unter den Achseln, im Schoß; dann warf er sie rundherum, so daß sie auf den Bauch zu liegen kam, und beroch sie von hinten. Dann, tief über sie gebeugt, faßte er nach ihren Handgelenken und hob die schlaffen Hände hoch, die er von allen Seiten beäugte – und dann, mit einem erbosten Grollen, das tief aus der Brust drang, versetzte er ihr einen Schlag, der sie neuerlich in die Dunkelheit warf.

-3-

Das völlig Unvertraute ihrer Umgebung war es, das sie schließlich aus ihrer halben Ohnmacht weckte – ein fremder Geruch, eine fremde Art der Bewegung, ein fremdes Gefühl auf der Haut. Ihre Sinne erwachten langsam zum Leben. Der Geruch um sie war schwer, süß, rauchig; ein Geruch von kostbaren Stoffen, gesättigt mit dem Duft von Wachskerzen und würzigen Speisegerüchen und dem starken, warmen Dunst eines männlichen Körpers. Die Bewegung war der langsame Trab eines Pferdes. Das fremde Gefühl auf der Haut war die Bedeckung eines schweren seidengefütterten Mantels und die Umklammerung eines Armes, der sie fest umschlungen hielt.
Sie öffnete halb die Augen. Das Land rundum lag im Abenddunkel. Das Pferd trabte einen öden Weg am Saum des Waldes entlang, streifte dann und wann einen Stechpalmenbusch oder eine von den alten Bäumen herabhängende Ranke. In der Ferne war da und dort das winzige Licht einer Bauernkate zu sehen.
Sie hob die Augen zu dem Reiter auf. Im bleichen Halbdunkel war sein Gesicht weiß wie Stein. Seine Augen glommen, nicht mehr in dem gierigen schwefligen Feuer von Lust und Hunger, sondern in einer Art träger Aufmerksamkeit, wie die Augen einer Katze am Herdfeuer. Als er bemerkte, daß sie wieder bei Sinnen war, reichte er ihr etwas Schwarzes – ihr Bündelchen. Ihr Besitz war noch drin: Sie fühlte die knorrige Alraune, die runde Glaskugel, die zappelnde Feldmaus.
Sie konnte noch immer nicht richtig denken und fühlen, als das Pferd mit plötzlich anhielt und mit den Hufen den Boden scharrte. Der Reiter schlug seinen Mantel auseinander und deutete auf einen weißen Markstein am Wegrand.
»Merk dir diesen Stein gut«, sagte er. »Laß dich nie wieder in meinem Revier blicken, oder es geht dir wirklich schlecht. Hier jage ich und sonst niemand.«
Sie starrte ihn an, die Augen ratlos aufgerissen.

Er runzelte plötzlich die Brauen. »Weißt du es denn nicht?« fragte er leise.
Sie gab keine Antwort, blickte ihn nur an, betäubt von Angst und Verwirrung und der süßen, dumpfen Benommenheit, die seine Nähe in ihr wachrief.
Er sagte leise, wie zu sich selbst: »Du bist noch jung, das hatte ich vergessen ... in deinem Alter fing ich auch gerade erst an, zu begreifen. – Sieh her.« Er schlang die Zügel um den Sattelknopf, um die Hände frei zu haben, dann faßte er ihre Rechte mit zwei Fingern zart am Handgelenk, hob sie hoch, legte sie auf seinen Schenkel. Die Kinderhand, zierlich und blaß wie die eines Skeletts, hob sich hell vom scharlachroten Tuch seiner Strümpfe ab. Er legte seine eigene Rechte daneben. »Sieh her«, sagte er noch einmal.
An beiden Händen, der des Kindes und der des Mannes, waren der Mittelfinger und der Ringfinger gleich lang.
Er beugte sich vor, so weit, daß sie sich in der Krümmung seines Körpers zusammenkauerte. Sein Haar bedeckte einen Teil ihres Gesichts, seine dunkle, samtene Stimme hauchte in ihr Ohr. »Wir sind von derselben Art ... du wirst es lernen.« Mit einem Ruck hob er sie hoch, hielt sie in der Luft neben sich, setzte sie dann, wobei er sich weit aus dem Sattel beugte, auf dem Feldweg ab. »Lauf!« sagte er. »Und komm mir nicht noch einmal in die Quere.«

-4-

Riffraff hörte erst auf zu laufen, als das Hufgetrappel längst verklungen und nirgends auch nur ein Schatten eines Pferdes oder Reiters zu sehen war. Sie setzte sich erschöpft auf einen Feldstein, benommen, als hätte sie Wein getrunken. Sie roch an sich: Ihr Haar, ihre Haut, ihr schwarzes Hemdchen waren getränkt mit dem Geruch, den er darin hinterlassen hatte, dem Geruch nach glimmenden Kerzen, nach gewürztem Wein, nach Mann. Ihre Haut schien überall, wo er sie angefaßt hatte, zu brennen.

Nachdem sie lange nachgedacht hatte, öffnete sie ihr Bündel und holte die zahme Feldmaus daraus hervor.
Ihre dünne Stimme klang schrill und feierlich, als sie das Tierchen in beide Hände nahm und rief: »Komm, laß dich küssen!«
Du wirst es lernen, hatte er gesagt.
Sie lernte rasch.

DIE ELFENBEINFIGUR

Es war zwei Tage vor Weihnachten, als Alice den Laden entdeckte. Durch die sorgsam mit Scherengittern gesicherten Schaufenster blickte sie in ein geräumiges Lokal, fast eine Halle, deren Wände mit raumhohen Glasvitrinen verkleidet waren. Einzelne Objekte, die zu groß für die verglasten Fächer waren oder besonders herausgestellt werden sollten, hingen von der Decke, standen auf Podesten oder blickten hinter den Scheiben frei im Raum stehender gläserner Kästen hervor. Der Oberstock bot, soviel sie von der Straße aus erkennen konnte, dasselbe Bild, schien aber weit mehr vollgeräumt zu sein – wahrscheinlich warteten dort oben die weniger wertvollen Objekte auf Käufer.
Sie zog die pelzverbrämte Kapuze des Anoraks tief ins Gesicht, um die Kälte abzuwehren, und schlenderte neugierig an den Schaufenstern vorbei. Soviel sie sehen konnte, waren zumindest einige der Objekte, die der Händler feilbot, reichlich bizarr – zum Beispiel das auf einem Podest fixierte, bräunlich verdorrte Zwittergeschöpf, aus einem halbierten Affen und einem Fischschwanz zur plumpen Fälschung einer mythischen Sirene zusammengestückelt, oder das zu elfenbeingelber Glätte präparierte Gerüst einer Meeresspinne.
Sie entdeckte eine ganze Anzahl kleiner Götzenbilder aus grünem Stein, die in hockender Haltung und mit einer Art Schellenbaum in der Hand vor sich hinglotzten, und viele kunstvoll konservierte Meereskrustentiere wie Krabben, Langusten, Seesterne und ähnlich unbehagliches Getier. Die Vitrinen schienen vor allem mit Schmuckstücken gefüllt, nach dem gedämpften Gefunkel hinter den Scheiben zu schließen. Sie erkannte im Vorbeigehen Gold und Elfenbein, Jade und Obsidian, Messing und Silber, zu wunderlichem und zum Teil groteskem Schmuck gearbeitet.
Dann blieb ihr Blick plötzlich an einer kleinen Seltsamkeit hängen, die in dem mit dunkelrotem Samt ausgelegten Schaufenster stand: Eine Figur, nicht viel höher als ihre Spanne, aus Elfenbein oder Horn gefertigt und auf einem kleinen Sockel aus Walnußholz montiert. Genaugenommen

waren es zwei Figuren: Eine war die Abbildung der fragilen Gestalt eines nackten, aber mit schwerem Schmuck und einem helmartigen Kopfputz behangenen Mädchens, die andere stellte ein offenbar mythologisches, einer Eidechse ähnliches Tier mit vier schmächtigen Gliedmaßen und einem langen Schlangenschwanz dar. Es stand aufgerichtet da, die zierlichen Pratzen gegen die Schultern des Mädchens gestemmt, den Kopf mit einem Ausdruck neugieriger Aufmerksamkeit zur Seite geneigt, der etwas ebenso Possierliches wie Rührendes an sich hatte. Die beiden Gestalten waren in einer Haltung inniger Vereinigung ineinander verschlungen, deren Details der Künstler nicht ausgeklammert hatte. Ihre Haltung dabei war so leicht und tänzerisch, so schwungvoll und einander hingegeben, daß sie viel eher den Eindruck erweckten, im Wasser zu treiben, als auf festem Boden zu stehen.
Alice betrachtete das kleine Kunstwerk lange. Es erschien ihr als das einzig begehrenswerte Stück in diesem Laden voll roher und unheimlicher Artefakte, und sie begann zu überlegen, ob sie es kaufen sollte. Der Preis schien ihr nicht übermäßig hoch, und es faszinierte sie von einem Blick zum anderen mehr.
Ich werde es mir selbst zu Weihnachten schenken, dachte sie. Und betrat entschlossen den Laden.

Der Traum, der sie in der darauffolgenden Nacht umfangen hielt, war unglaublich bizarr, aber zugleich von einer erstaunlichen Wirklichkeitsnähe. Sie träumte, daß sie aus einem Traum erwachte, und sah das dichtverschlungene, grüne Muster einer alten, penetrant stockfleckig riechenden Seidentapete vor sich und einen kühn geschwungenen Holzbogen, den sie nach langem Überlegen und Grübeln als Teil eines Betthaupts erkannte. Hinter dem Holzbogen erstreckte sich in eine – wie es schien, unendliche – Ferne eine Ebene aus grünem Teppich, abgetreten und verblaßt, dessen Muster von maritimen Fratzen gebildet wurde. Sie sah die großen tellerförmigen Augen von Kraken und die starren schlangenähnlichen Augen von Raubfischen auf sich gerichtet, vom Alter verwittert und von der Dämmerung des Raumes getrübt, als starrten sie durch knöcheltiefes Wasser zu ihr empor. Einmal gingen Füße über diese Ebene, widerwärtig breite, abgeflachte Füße in grotesken maßgeschusterten Schuhen, deren Zehenpartie eine höchst absonderliche Form aufwies, und ein leichter Brackwassergeruch wehte durchs Zimmer. Eine sehr kalte Hand, die sich irritierend knochenlos anfühlte, tastete über ihre Schläfe und ihren Nacken hinunter. Eine glucksende Stimme sagte: »Sie schläft noch fest.«

»Ich schlafe gar nicht«, dachte Alice. »Ich bin hellwach ... nur sehr müde.« Ihre Blick glitt über das Kissen, auf dem ihr Kopf lag. Es war blaßgrüner Satin, in dem sie jedes einzelne Knitterfältchen klar vor Augen hatte. Sie schielte zur Decke hinunter. Ebenfalls algengrüner Satin, mit schlaffen, verwaschenen Spitzen daran. Beides strömte einen schwachen unangenehmen Geruch aus, als habe es zu lange in einem feuchten Wäscheschrank gelegen.

Nach einer Weile bemerkte sie, daß ein Schritt hin und her schlapfte, weich und schwerfällig wie der Schritt einer behäbigen, ältlichen Person. Sie blickte auf. In einem Raum, der voll trüber und verwirrender Schatten hing, schwebte fern ein Gesicht. Eine alte Frau war da. Sie stand in einiger Entfernung, in einem jener schmeißfliegenschwarzen Kleider, die sinistre alte Damen bevorzugen – stand auf ihren Stock mit der Elfenbeinkrücke gestützt da, das schwere Doppelkinn ruhte auf dem Halsausschnitt, die beängstigend weit vorquellenden Goldaugen glotzten ausdruckslos aus einem schimmelfarbenen Gesicht. Das Schlimmste an ihr war jedoch der völlige Mangel an Haaren, den sie durch keinerlei Perücke oder Kopfbedeckung zu verbergen bemüht war: Speckig glänzend wölbte sich eine Glatze von der Stirne über die winzigen, fächerförmig mißgebildeten Ohren bis in den kurzen Nacken.

Neben ihr stand eine um nichts weniger häßliche, aber viel jüngere und nicht ganz so kahlköpfige Person, die eine Zofe oder Dienerin der garstigen Alten zu sein schien, denn Alice gewann den Eindruck, daß sie – in einer Reihe stummer Bilder – der Alten Dinge brachte oder ihre Befehle ausführte. Die Bilder leuchteten (wie Dias in einem fehlerhaften Projektor) einzeln auf, von langen Dunkelheiten unterbrochen, die sie nicht recht einordnen konnte. Schlief sie? Wurde der Raum zeitweise völlig verdunkelt? War das der Rhythmus, in dem Tag und Nacht wechselten? Oder verlor sie auf lange Strecken das Bewußtsein, um zwischendurch immer wieder zu einer benommenen Wahrnehmung der Realität aufzuwachen? Und selbst wenn sie aufwachte, war doch ihre Sicht auf einer wunderliche Weise verzerrt: Manchmal sah sie die Dinge verschwommen, manchmal scharf, aber sehr fern, als betrachtete sie ihre Umgebung durch ein umgekehrtes Teleskop, und manchmal glaubte sie eine Laterna magica vor sich zu haben, in deren dunklem Gehäuse eine Szenerie nach der anderen vor das Guckloch glitt.

Irgendwann kamen dann die beiden Frauen an ihr Bett und nötigten sie mit sanftem Nachdruck aufzustehen. Alice schien es, daß sie sie in einer gebrochenen Sprache anredeten, als wären sie Ausländerinnen; die jüngere von beiden wiederholte oftmals: »Aufstehen, die Zeit ist schon spät«, während die Alte nickte und etwas sagte, das wie »die Stunde ist schon fast vorbei« klang. Alice widerstrebte träge: Ihr Körper war schwer und ihre Knie wattig, und so oft sie sich bewegte, verschwamm der Raum vor ihren Augen. Sie wußte nicht recht, wie sie – halb auf eigenen Füßen, halb geschoben und gezogen – aus dem Bett kam und durch eine Türe in einen mattbeleuchteten Raum bugsiert wurde.

Einen Augenblick kam sie – aus schierer Überraschung – fast zu Bewußtsein. Der Raum war nichts weiter als ein Badezimmer – aber was für ein kostbares, mit äußerster Extravaganz eingerichtetes Badezimmer! Von der Decke hing ein Kronleuchter herab, das Metall altersfleckig, der Glanz der gläsernen Prismen vom einem dicken Schmutzfilm gedämpft, aber von einer Größe und Pracht, die in einen Ballsaal gepaßt hätte. Die vom Alter scheckigen Fliesen waren mit ebenso kunstvollen wie bizarren kleinen Szenen bemalt, die sich vor ihren Augen zu einem verwirrenden Schachbrett verbanden: Da waren Insulaner, die eine Opferjungfrau schmückten; dort brachten Seeleute mit goldenen Ohrringen einem mißgestalteten Händler einen Kasten, dessen Inhalt Geheimnisvolles versprach; da tummelten sich halbmenschlich aussehende Wesen in burlesken Spielen an einem Strand ...

Das Zentrum das Raumes nahm ein ungewöhnlich großer gemauerter Bottich, fast schon ein Badebecken, ein, das bis zum Rand mit Wasser gefüllt war. Zwei weitere Frauen, ebenfalls in Schwarz gekleidet und so unansehnlich wie die Alte und ihre Zofe, waren eifrig damit beschäftigt, Badelaken und Handtücher auszulegen, während eine dritte aus einem Glaskrug etwas in das Becken goß, das ein hausgemachtes Badeöl zu sein schien. Es verteilte sich träg und ölig schillernd in der Flut und zog lange bunte Schlieren wie Tinte im Wasser. Ein deutlicher Moschusgeruch stieg aus dem Becken auf, als das Öl sich verteilte.

Alice's Benommenheit war einem eigenartigen Gefühl von Distanziertheit gewichen, wie man es in gewissen Stadien der Trunkenheit erlebt. Sie empfand ganz deutlich die Glätte der feuchten Kacheln auf ihren nackten Fußsohlen, die erste Berührung des warmen Wassers (nicht ganz so warm, wie sie ein Bad gerne gehabt hätte, aber durchaus behaglich), das Eintauchen ihrer Füße bis zum Knöchel – aber das Bizarre und Bedrohliche der Situation blieb ihr fern. Sie dachte einen Augenblick lang mit schläfrigem Interesse an die großen Aquarien im Haus des Meeres, in denen sich hinter dickem Sicherheitsglas monströses Leben regte. Nun war das Glas zerbrochen, und dieses Leben drang in ihre Welt ein, aber es machte nichts aus. Es machte nichts mehr aus.

Die Frauen – alle fünf – waren nun überaus beflissen darum bemüht, daß sie ein langes und ausgiebiges Bad nahm, wobei die kahlköpfige Greisin die Prozedur überwachte, während die vier Jüngeren Fläschchen mit Ölen und Essenzen herbeibrachten. Ihre Stimmen klangen dumpf und glucksend (und sonderbar fern), als sie Alice eifrig ermunterten und drängten, vom Inhalt all dieser Fläschchen reichlichen Gebrauch zu machen.
Sie tauchte bis zu den Schultern ins Wasser und lehnte den Kopf an den gekachelten Beckenrand. Sie fühlte sich ungemein schläfrig und wäre in Gefahr gewesen, im Wasser einzuschlafen, hätte dessen Kühle sie nicht irritiert. Eben deshalb beeilte sie sich mit dem Bad und sah zu, daß sie wiederum aus dem Becken herauskam.
Sofort eilten zwei der Frauen mit einem großen Badelaken auf sie zu, mit dem sie sie einwickelten und abtrockneten. Wieder wäre Alice ein vorgewärmtes Tuch lieber gewesen als dieses, das zwar groß und weich war, aber nach einem allzu langen Aufenthalt in muffigen Wäschetruhen roch. Sie zuckte ein wenig zurück, wenn die schwammig-weichen Finger der beiden Zofen sie streiften, aber diese Augenblicke des Widerstrebens waren selten. Zumeist fühlte sie sich eingehüllt in einen Nebel trügerischer Sicherheit und Ruhe – ja fast eines Wohlbehagens, als fühlte sie sich im tiefsten Innern geborgen in diesem uralten Zeremoniell.
Sie kehrten ins Zimmer zurück, und die gnomhaften Frauen (denen das alles ein geschäftiges Vergnügen zu bereiten schien) schleppten ein Festkleid an, das sie auf dem Bett ausbreiteten – eine riesige Woge steifer, seidenglänzender Stoffe, grün und gelb gescheckt und mit grünen und gelben Juwelen besät, die wie Augen aus einem Dickicht daraus hervorfunkelten. Ärmel und Rückenpartie waren auf eine Weise gebauscht und in Falten gelegt, daß sie an Flossen erinnerten. Der Kopfputz trug wie einen Helmbusch einen hoch aufragenden steifen Kamm, wie sie ihn auf Bildern mythischer Meeresungeheuer gesehen hatte. Trotz der Assistenz von vier eifrigen Zofen gelang es

Dame mit Zofe

ihr anfangs kaum, in die gewaltige Robe – die so schwer war und so verstaubt roch wie ein Bühnenkostüm – hineinzugelangen; ihre Hände und Arme waren kalt und steif, und ihr ganzer Körper ließ sich nur widerwillig bewegen, als steckte ihr Fleisch auf einem Drahtgestell. Das Innere des Festkleides war auf eine höchst komplizierte Art von Fischbeinstäben, Gummizügen und Krinolinenreifen durchzogen, so daß es eine ganze Weile dauerte, bis sie alle vier Gliedmaßen darin untergebracht hatte, ohne in einem Band hängenzubleiben oder sich ein Stück Fischbein ins Fleisch zu bohren.

Als sie das Kleid jedoch erst einmal richtig am Leib hatte, trug es sich erstaunlich angenehm, trotz des völlig ungewohnten Gewichts seiner unzähligen Volants und Bögen und Schleifen. Sie machte einen zögernden Schritt vorwärts – es schwang leicht und anmutig um ihre Beine, während die künstlichen Flügel und Flossen sich in einer Art schwerfälligem Flügelschlag zu bewegen begannen.

Die Frauen eilten mit dem Kopfputz herbei. Die Kappe, auf der der mächtige Aufbau montiert war, schloß sich eng um ihre Stirn und verbarg jedes Härchen darunter. Und nun kam der Schmuck ... Tonnen von Schmuck, wie es Alice erschien, die selten mehr als ein Halskettchen und einen Ring getragen hatte. Immer neue Kästchen wurden geöffnet, immer öfter spürte sie kühles Metall auf der Haut, bis ihr zumute war, als panzerte eine Rüstung aus Tausend von Einzelteilen ihren Leib: Armring um Armring, Halsketten, Fußreife einer über dem anderen, Stirnbänder und Ohrgehänge.

Als sie vor den hohen, halbblinden Spiegel des Raumes hintrat, sah sie ihre eigene Gestalt erst nur als ein verschwommen prismatisches Schimmern, und dann als einen Umriß von höchster Fantastik. Im Hintergrund hörte sie das sonderbare Geschnatter der Frauen, dessen Klang die Zufriedenheit über ein wohlgelungenes Werk anzuhören war.

Und dann wurde dieses Geschnatter von einer Stimme übertönt, die fragte, ob die Braut bereit sei.

Sie schritt die lange, steile Treppe hinunter, in ein Gefühl von Irrealität gehüllt wie in eine gläserne Kugel. Das Haus war dunkel bis auf das schwache Licht der Lampen an den Treppenabsätzen, die helle Kreise ins Dunkel malten. Auch vor den runden Luken, die die Treppen an der Außenwand begleiteten, war es finster, und ein gelegentliches weißes Geglitzer zeigte an, daß Schnee vom Himmel rieselte ... üppige Schneegeschwader, die die schon früher aufgehäuften Wälle und Dämme mit einem unablässigen Fall frischer kristallener Flocken verstärkten.

Als sie jedoch tiefer hinabstieg, hörte sie von unten her ein Geräusch, das die Anwesenheit von Menschen verriet – und zwar einer beträchtlichen Anzahl von Menschen. Zuletzt war es deutlich als das Gemurmel und Gesumm erkennbar, das von einer großen, erwartungsvollen Gesellschaft ausgeht. Dann öffnete jemand von ihren Begleiterinnen die Flügel einer hohen Doppeltüre, und sie sah die Gesellschaft vor sich.

Sie blickte in einen sehr geräumigen, von staubigen Lampen und halb niedergebrannten Kerzen schwach erleuchteten Saal, der bei allem Prunk der Ausstattung einen tristen Eindruck machte – wie der Speisesaal eines zu groß konzipierten Hotels in der toten Saison, ja noch mehr wie ein düsterer sakraler Raum, in dem ein Festmahl stattfand. So lang, daß im Schein der Wachskerzen das Ende nicht erkennbar war, erstreckte er sich bis weit hinein in die düster verschwimmende Dunkelheit des alten Hauses. Gobelins mit bis zur Unkenntlichkeit verblaßten Mustern hingen an den Mauern, unterbrochen von Streifen langer, seegrüner Vorhänge, die sich gespenstisch über den Fensteröffnungen blähten, und den Fensteröffnungen selbst, die mehr Ähnlichkeit mit Kirchenfenstern als irgendetwas anderem hatten.

Der Saal war bis über den letzten Platz hinaus überfüllt. Von einem Ende zum anderen, von einer Seite zur anderen bot das Innere des gewaltigen Raumes den Anblick einer dichtgedrängten Schar. Das Gemurmel von zahlreichen

Stimmen, das sich zuweilen fast wie ein monotoner Gesang anhörte, erfüllte den schwach erleuchteten Raum und bildete die unbehagliche Hintergrundmusik zum Anblick der halbmenschlichen Festgäste.

Über die ganze Länge dieser Halle erstreckte sich ein Tisch von so imposanten Ausmaßen wie der Refektoriumstisch eines Klosters. Auf dem Tisch lag ein grünes Tafeltuch, so lang und breit, daß es bis zum Boden reichte und sich an den Ecken in langen Falten über die eichenen Dielen ergoß. Die Gedecke waren mit Buketten geschmückt, mächtigen Buketten aus Sumpflilien und weißen Immortellen. Prächtige Gedecke waren es, die da standen, überladen verziertes Porzellan und zu abwegigen Mustern geschliffenes Glas und Kerzen in Leuchtern, die wie menschliche Hände geformt waren.

Und an diesem Tisch aufgereiht saßen sie, in Kostüme von wüster, antiquierter Pracht gekleidet: Sie sah Mißgestalten in grüner Seide vor sich, die gedrungenen Nacken mit Ketten aus grünem Diamant, aus Malachit und aus Jade behangen, Perlgehänge in den lattichblatt-förmigen Ohren, Diademe auf den kahlen, breitgequetschten Schädeln. Manche der Gesichter waren mehr, manche weniger menschenähnlich, aber allen gemeinsam war der kalt glotzende Blick und die gierige Vorfreude, die sich auf ihren Zügen ausdrückte: Da und dort kroch eine wurmartige Zunge lippenleckend aus einem schwarzen Mundspalt, oder ein schlaffer Hals blähte sich rhythmisch vor speichelnder Gier. Sie aßen auf eine abscheuliche Art und Weise, sie rissen mit ihren spitzen, scharfen Hechtzähnen das Fleisch von den Gräten und gruben die Fingernägel ins Brot, und während sie schmatzten und schnappten und knackend die Knöchlein zerbissen, bewegten sie die Köpfe hin und her, so daß ihre Augen golden auffunkelten.

Als die Türflügel aufschwangen, ging eine jähe Bewegung durch den Saal. Alle Blicke richteten sich auf Alice, und Schweigen breitete sich über den langen Raum, nur von einem gelegentlichen Glucksen eines der Festtagsgäste oder einem Rascheln der starren Roben unterbrochen.

Alice starrte die Versammlung an, und durch all den verwirrenden Nebel und die trügerische Ruhe, die ihren Geist erfüllten, drang etwas in ihre Seele ein – ein Hauch solch äußerster Bosheit und Verderbtheit, als hätte sich der Abgrund selbst zu ihren Füßen geöffnet. Es war nicht die Häßlichkeit und Unmenschlichkeit der Geschöpfe, die sie mit diesem Anhauch des Übels berührte, es war etwas anderes, das sie in einen Zustand innerer Empörung versetzte, der sogar den schillernden Nebel des Traums zu durchdringen versuchte. Es war das Gefühl, sie würde bis in die tiefste Seele zerstört werden, wenn sie sich diesem Übel nicht mit allen Kräften ihres Körpers und ihrer Seele widersetzte. Sie wollte aufschreien – aber kein Laut drang aus ihrem Mund. Sie versuchte es noch einmal, brachte jedoch nur ein wortlos gepeinigtes Krächzen hervor.
Dann sah sie den Bräutigam.
Er schritt aus dem Hintergrund des Saales heran, in Roben gehüllt, die seine ungeschlachte Gestalt mit dem Prunk eines Pontifex umgaben. Im schwachen Licht funkelten Tausende von glitzernden Steinen auf dem schweren graugrünen Brokat eines Mantels, der wie ein Kegel vom Hals bis zu den Füßen reichte. Den massiven runden Schädel krönte eine Tiara, unter der – lächerlich und unpassend anzusehen – einige schlaffe blonde Haarlocken hervorhingen. Die großen goldenen Augen waren von einer schrecklichen Leere erfüllt.
Alice glaubte zu spüren, wie ihr Herzschlag stockte. Es war ihr noch nie begegnet, daß sie einem Schrecken dieser Art gegenüberstand – daß sie sich von Dingen oder Wesen umgeben wußte, die sie nicht ansehen und nicht anhören und nicht in ihrer Umgebung ertragen konnte, ohne innerlich zu verderben. Und nun sah sie eine Gegenwart vor sich, vor der man nur in blinder Panik davonstürzen konnte. Dieses Wesen war böse – böse aus der Entscheidung seines eigenen Herzens heraus, das keine Sonne ertragen konnte, kein Leben, kein Wachstum, keine Hoffnung und keine Liebe. Es stand ihnen allen in den Augen geschrieben – die-

sen vollkommen ausdruckslosen Augen, die so kalt und gleichgültig ins Leere glotzten, als seien sie schon zu Lebzeiten tot – aber in den Augen des Bräutigams war diese Leere auf eine unbeschreiblich scheußliche Art mit einem Willen verbunden ... einem übermenschlichen Willen, der kein anderes Ziel kannte, als zu ergreifen und auszuhöhlen und in seine schauerliche Leere hinabzureißen, was immer ihm in die Hände fiel.
Sekundenlang meinte sie diese Leere vor sich zu sehen – einen bodenlosen Abgrund, in dem schwarz und stumm ein kaltes Meer brütete, auf das Opfer lauernd, das ihm einmal im Jahr hinabgestoßen wurde. Sie trat so angstvoll einen Schritt zurück, als hätte sich vor ihren Füßen eine Falltür geöffnet.
Der Bräutigam schritt langsam auf sie zu, und die Augen im Hintergrund glühten wie ein Schwarm giftiger Insekten.
Dann geschah etwas, das Alice völlig unerwartet vorkam – und offenbar auch der Festgesellschaft, denn am ganzen Tisch erhob sich ein angstvolles, schnatterndes Murmeln.
Zuerst veränderte sich nur das Licht im Raum. Es blieb schwach, aber seine Schwäche nahm einen kalten Ton an und ein glitzerndes Zittern, als vibrierte die Quelle, von der es ausströmte. Immer heller und heller wurde dieses schneeige Licht, und jetzt ging es nicht mehr von den Lampen und Kerzen aus, sondern von einem Punkt im leeren Raum zwischen Boden und Decke. Die Kerzen erloschen, lange schwärzliche Rauchfäden ausströmend. Die Glühbirnen in den Lampen zerbarsten, jede mit einem leisen Zping!, als hätte ein Unsichtbarer auf sie geschossen. Scherben rieselten auf den Boden. Das mysteriöse Licht verbreitete sich in konzentrischen Kreisen, die bald von einer Wand zur anderen reichten. Dann wurde es heller und war bald so hell, daß sich alles, was Alice vor Augen hatte, wie ein überbelichtetes Foto ausnahm.
Unter dem Eindruck dieses Lichts brach ein wilder Tumult unter den Festgästen aus. Einige suchten an die Türen zu gelangen, andere verkrochen sich unter dem Tischtuch oder

sprangen auf den Tisch, wo sie mit ihren flachen, mißgeformten Füßen in panischer Angst durch die Schüsseln trampelten und die Blumen zertraten. Immer noch wurde es heller und heller. Bald mußte auch Alice die Augen schließen, und so sah sie nicht, was geschah – sie fühlte es nur. Fühlte, wie inmitten des quälenden Lichts eine Gegenwart heranwuchs, so gewaltig, daß sie überzeugt war, ihre Knochen müßten zerbrechen und ihr Fleisch zerquetscht werden, wenn diese doch so völlig unkörperliche Gegenwart es berührte. Eine wunderliche Vision riesiger, flammenähnlicher Flügel drängte sich ihr auf, und dann der Gedanke, daß dieses Wesen, das unter ihnen aufgetaucht war, mit einer langsamen Bewegung eine Waffe hob.
Es ging wie ein Blitz durch sie hindurch.
Sie hörte fern einen gräßlich heulenden Schrei, der unerträglich lange anzuhalten – oder aus vielen Kehlen zu widerhallen – schien, aber sie hatte nicht die Kraft, ihre Gedanken auf irgendetwas zu konzentrieren. Ein gewaltiger Schock hatte sie vom Scheitel bis zu den Zehen durchbebt. Ihr Herz schlug in sprunghaftem Rhythmus. Vor ihren Augen flammten Funken. Sie fühlte sich erleichtert, als sie spürte, wie eine tiefe Ohnmacht sie umfing.

Am Morgen warf Alice die Elfenbeinfigur samt Schachtel und Packpapier in den Fluß. Um die Seitengasse, in der sich der Kuriositätenladen befand, macht sie lange einen Bogen.

JUNGE HUNDE

Die Türklingel schrillte genau in dem Augenblick, als ich mein Lederkorsett weit genug aufgeschnürt hatte, um einen Gabelbissen in Aspik und eine Semmel hinunterzuschlucken. Um die Zeit konnte ich mich gewöhnlich darauf verlassen, daß im Studio nichts los war. Die Peitschen hingen gewissermaßen auf Halbmast. Der Videomonitor flimmerte trübe vor sich hin. Die Kerkerzelle gähnte leer, der Pranger wartete mit sehnsüchtig ausgestreckten Armen auf Kundschaft, und der mit weißem Satin ausgepolsterte Sarg lud zu einem Nickerchen ein.

»Geh' nachschauen«, wies ich Dominique, meine Zofe, an.

Er trippelte gehorsam auf fadendünnen Hacken die Kellertreppe hoch, guckte durch den Spion und kam mit der Meldung zurück: »Da sind zwei ganz junge Typen. Ich weiß nicht – «

»Laß sie rein. Rausschmeißen können wir sie immer noch. Aber schnür' mir vorher das Korsett zu.« Meinen Gabelbissen in Aspik mußte ich jetzt ohnehin auf später verschieben.

Dominique eilte beflissen herbei, um mich auf Hochglanz zu bringen, schnürte mir das Korsett, schnallte die Riemchen der Handschuhe zu, fuhr mir mit dem Puderpinsel über's Gesicht. Dann drückte er den Türöffner.

Gleich darauf kamen die Besucher die mit dunkelrotem Samtflor belegte Treppe herunter. Zwei ganz junge Hunde, wie Dominique gesagt hatte. Bomberjacken. Jeans und Cowboystiefel. Baseballkappen, unter denen langes Haar hervorquoll. Sie hielten sich an den Händen wie verirrte Kinder und tapsten im Gleichschritt in die winzige, zwielichterhellte Bar. Ich warf einen einzigen Blick auf sie und sagte nur: »Ausweise.«

Damit hatten sie gerechnet, denn sie kramten sie eifrig hervor und legten sie auf die schwarzglänzende Theke. Ich sah sie mir genau an. Der Rothaarige hieß Lee und war seit genau vierundzwanzig Stunden alt genug, um mein Etablissement besuchen zu dürfen. Der andere – ein hübscher mediterraner Typ – hieß Randall und war eine Handbreit älter.

Ich gab die Papiere zurück. »Okay. Was wollt ihr trinken?«
»Ein Glas Wein für mich«, sagte Randall, »und er trinkt ein Bier.«
Ich wies Dominique an, die Getränke zu bringen, und bugsierte die beiden zur Sitzecke, um mit den einleitenden Manövern zu beginnen. Der Dunkelhaarige ließ sich mit katzenhafter Eleganz auf das schwarze Ledersofa nieder. Der Rotschopf plumpste hinein, daß die Federung knirschte. Er war ein wuchtiger, reizloser und anscheinend ziemlich schüchterner Junge, denn er trank wortlos sein Bier und starrte zu Boden, während der andere redete.
»Er hat Geburtstag, wissen Sie«, sagte Randall. »Und da dachte ich, er soll was Besonderes haben ... alles, was ihm Spaß macht. Wir haben genug Geld da.« Er kramte seine Brieftasche hervor und ließ den Inhalt eines geschlachteten Sparschweinchens sehen. »Wir können's uns doch aussuchen, was er kriegt?« fragte er dann.
»Natürlich. Willst du dir die Kammer ansehen?«
Der Rotschopf blieb unbeweglich und biertrinkend sitzen, während sein Freund mir in die Schwarze Kammer folgte und sich mit fachmännischen Blicken umsah. Ich merkte sofort, daß er tief beeindruckt war.
Ich hatte für meine Kammer einen Stil gewählt, der an düstere Hintergassen in übel beleumundeten Vierteln erinnerte. Giftig glühende Graffitis bedeckten einen Teil der Gewölbe aus rohen schwarzen Ziegeln. Von massiven Eisenbalken hingen schwere Ketten herab. Kreuz, Balken, Pranger und Bock waren im selben Industriestil aus dicken Eisenrohren geschweißt. Die Nischen in den Mauern waren mit Milchglasplatten verkleidet, hinter denen sich sonderbare und zwielichtige Schatten abzeichneten. Im Zenit des Gewölbes funkelte ein Wirrwarr aus blauvioletten Neonröhren, die das schwüle Rotlicht um einen morbiden Farbton bereicherten.
Randall sah sich anerkennend um und wählte dann die einzelnen Schritte der Tortur aus, als stellte er ein Menü mit zahlreichen Gängen zusammen. Während er im roten Däm-

merlicht auf und ab ging, klopfte er da und dort auf eins der Geräte. »Das da ist gut ... und das da ... und das auch, aber nicht zu lang.« Er besichtigte mein Instrumentarium von allen Seiten, und schließlich wechselte er auch noch die Musikkassette im Recorder aus und verlangte, daß die Heizung höher gedreht wurde. Ich dachte allmählich, daß so mancher Generaldirektor weniger Ansprüche stellte als dieser Sparschweinchenkunde, und Randall mußte es wohl gemerkt haben, denn er sah mich vorwurfsvoll an und sagte: »Er hat doch *Geburtstag*.«

»Ja, klar«, beschwichtigte ich ihn. »Hauptsache, ihr amüsiert euch gut.«

Er hatte sehr erfahren getan, wie ein altgedienter Dominus, aber jetzt wurde er wiederum schüchtern und verlegen. »Wir haben beide keine Erfahrung, wie das ... professionell geht«, gestand er ein. »Wir haben immer nur allein gespielt.«

Er saß auf dem Bußbänkchen und ich auf dem Sarg, während wir die übliche Vorbesprechung abhielten, was, was nicht, wie lange, womit. Dann holte er seinen Freund herbei und tuschelte mit ihm, und dann wurde er mit einem Mal ganz amtlich. »Zieh dich aus«, befahl er.

Lee schluckte hörbar, aber er war sichtlich an Gehorsam gewöhnt, denn er stellte augenblicklich seine Bierdose ab und begann sich auszuziehen. Dabei hielt er den Blick fest auf den Boden gerichtet, und ich konnte ihm seine Verlegenheit nachfühlen. Er war plump gebaut und hatte eine Menge Fleisch auf den Knochen. So viel, daß es rundum über den Rand seiner Jeans quoll und in den Achseln dicke Falten schlug. Bauch hatte er seltsamerweise nur wenig; der ganze Speck saß bei ihm, wie bei einer Frau, auf den Oberarmen, den Hüften und Oberschenkeln und der mehr als üppigen Brust. Er sah aus wie eine Portion Pudding, aber zugleich war er auf eine rührende Art anziehend.

Seine Kleider faltete er alle sehr ordentlich zusammen, und dann legte er die Hände auf den Rücken und stand mit gesenktem Kopf abwartend da. Sein rotblondes Haar hatte

in dem violett angestochenen Rotlicht einen höchst sonderbaren Farbton angenommen. Ich sah, daß er vor Scham und angstvoller Erwartung zitterte.
Randall stand jetzt in Jeans, Stiefeln und kurzärmeligem T-Shirt da. Er ging zu den Haken mit dem Kleinspielzeug hinüber, wählte ein paar lederne Handfesseln aus und schnallte seinem Freund damit die Handgelenke auf dem Rücken zusammen, wobei er sorgfältig überprüfte, ob sie nicht zu eng waren und nicht scheuern. Lee atmete schwer. Er wich meinem Blick aus und wand sich ängstlich hin und her, als erwartete er jeden Augenblick einen grausamen Hieb.
Randall streichelte einen Augenblick lang beruhigend seine Schultern und flüsterte ihm ins Ohr. Dann holte er vom Gestell eine kurze, weiche Peitsche aus zahlreichen Lederbändern. Damit bürstete er Lee von den Zehen bis zu den Schultern mit kurzen, raschen Schlägen ab, um ihn erst einmal vorzuwärmen. Die blasse Haut des Jungen nahm rasch einen rosigen Ton an, und ich merkte, daß auch seine innere Temperatur stieg. Sein hellhäutiger Schwanz, der erst vor Angst und Unbehagen auf Null geschrumpft war, begann sich zaghaft zu strecken – vorerst gerade so weit, daß er seine Existenz kundtat.
Ich saß inzwischen – eine dekorative Skulptur in schwarzem Leder – auf dem Sarg, dachte hin und wieder an meinen Gabelbissen in Aspik und sah den beiden zu. Randall machte seine Sache gut, fand ich. Er ging es langsam an, machte zwischen einer Serie leichter Schläge immer wieder Pausen, in denen er den devoten Jungen streichelte, an sich drückte und liebkoste. Zwischendurch ging er zum Gestell, suchte erst eine mittelscharfe und danach eine ziemlich bissige Peitsche aus.
Lee steckte die Schläge mit stoischer Gelassenheit ein. Er sah jetzt nach mildem Sonnenbrand aus, und da und dort brannten erste rosarote Striemen auf seiner weißlichen Haut, aber er schien das alles ebenso wie Randall als bloße Vorbereitung zu empfinden. Der Ernst des Lebens begann offenbar erst, als Randall die Handfesseln voneinander

löste, die beiden Karabiner in die Kette eines Flaschenzugs einhängte und sie so hoch fixierte, daß Lee mit über den Kopf erhobenen Armen dastand. Seine Augen – blau bei Tageslicht, von unbeschreiblicher Farbe bei Rotlicht – waren groß und erwartungsvoll. Ich sah, daß seine Lippen zitterten, aber er gab keinen Laut von sich.
Randall wählte eine lange Peitsche mit dünnen Gummisträngen aus. Er trat vor Lee hin und begann ihn wortlos und mit rhythmischem Schwung links und rechts auf die Oberschenkel zu schlagen. Diesmal biß die Peitsche, sie hinterließ augenblicklich Spuren, und Lee kniff schmerzlich die Lippen ein. Aber sonst änderte sich nichts in seinem runden, unscheinbaren Gesicht. Er zuckte nicht, schrie nicht, stöhnte nicht einmal. Daß er die Hiebe spürte, sah ich nur an dem Schweiß, der allmählich sein Gesicht befeuchtete und sein Haar zu dünnen Strähnen zusammenklebte.
Randall stand mit unbeweglichem Gesicht vor ihm und schlug zu wie ein Uhrwerk. Kein Befehl, kein Schimpfwort, kein verbaler Stachel. Er sah Lee in die Augen und schlug ihn, und der dicke Junge erwiderte den Blick und ertrug die Hiebe.
Plötzlich – als hätte er im Stillen bis zu einer vereinbarten Zahl gezählt – hörte er auf, hängte die Peitsche wieder säuberlich an ihren Haken und fragte, ob er Eiswürfel haben könnte. Ich wies Dominique an, eine Schale voll aus dem Eisschrank zu holen, und Randall nahm sie einen nach dem anderen und kühlte Lees brennende Schenkel damit. Eines der Eiswürfelchen steckte er ihm in den Mund, mit den anderen rieb er ihm den ganzen Körper ab.
»Meine Hände«, sagte Lee leise. »Die werden kalt.«
Randall griff augenblicklich nach der Kette, löste die Fixierung, so daß Lee die Arme sinken lassen konnte, und rieb ihm Hände und Arme warm. »Bist du wieder okay?« flüsterte er besorgt.
»Ja.«
»Sitzen die Fesseln gut?«
»Ja.«

Randall schien diese Beteuerung nicht zu genügen; er kontrollierte selbst nach, ob die Ledermanschetten nicht ins Fleisch schnitten. Erst als er zufriedengestellt war, faßte er Lee an der lose herabhängenden Hand, führte ihn zum Querbalken und kettete ihn dort mit dem Gesicht zu Wand an. Die Hände in Schulterhöhe ausgereckt, stand er da, die Beine gespreizt. Randall kauerte sich nieder und fixierte seine Fußknöchel an einer der langen Spreizstangen.

Dann griff er wieder zur Peitsche, und diesmal konnte Lee einen Schrei nicht mehr zurückhalten.

Ein Gewitter prasselte auf seine Beine und seinen Hintern nieder. Die Hiebe, die links und rechts die fetten Schenkel trafen, folgten aufeinander wie Blitze. Er stieß einen japsenden Laut aus, versuchte vergeblich, nach vorne auszuweichen, zog krampfhaft den Hintern ein, schwankte, als schleuderte jeder Schlag ihn vorwärts. Randall holte jedesmal weiter aus und schlug härter zu. Aus dem Japsen wurde ein schrilles, kindliches: »Au – au – au ...«

Einen Augenblick hielt Randall inne, betrachtete sein Werk. Lee holte tief Atem, aber da hagelten bereits die nächsten Schläge auf ihn nieder. Er krümmte sich, daß die Ketten klirrten, schrie, schluchzte, jaulte erbärmlich – aber das erlösende *Mayday!*, das der Qual augenblicklich ein Ende gesetzt hätte, kam ihm nicht über die Lippen.

Randall hörte abrupt auf, ließ die Peitsche fallen, preßte sich von hinten an den heißen, vor Schmerz und Aufregung zitternden Leib. Seine Arme umfingen die breite Brust, er preßte den Mund auf Lees schweißbedeckten Nacken und küßte ihn zärtlich.

Der dicke Junge brach in Tränen aus.

Eine ganze Weile weinte er leise, den Kopf halb nach hinten gewandt, so daß Randalls Lippen seine Wange erreichten.

Schließlich flüsterte der Dunkelhaarige: »Schaffst du's noch einmal?«

Die tränennassen Augen glänzten, glücklich und stolz. »Ja, ich denke schon.« Es kam ganz leise heraus, fast wie ein Seufzen.

Randall umarmte ihn und flüsterte: »Du bist stark. Du bist unheimlich stark.« Dann hob er die Peitsche auf und schlug mit derselben furiosen Geschwindigkeit wie zuvor auf die fetten, brandrot gestriemten Schenkel los. Das Fleisch zuckte sichtbar unter jedem Hieb. Lee wand und krümmte sich vor Schmerzen, aber er schrie nicht mehr wie zuvor. Er gab nur ein leises, ekstatisches Wimmern von sich. Ich merkte ihm an, daß er ganz dicht an seine Grenzen ging; er war knapp daran, daß ihm übel wurde, aber er wollte sichtlich bis zum allerletzten Moment aushalten.
Sein Freund bewahrte ihn davor, daß er sich überforderte. Plötzlich sagte er mit gedämpfter Stimme: »Genug, das ist genug.« Er hängte die Peitsche weg, kauerte sich nieder, löste die Schellen an der Spreizstange; dann stand er auf und machte auch die Hände los. Lee schwankte, daß ich dachte, er würde jeden Augenblick umfallen. Seine Arme hingen schlaff am Körper herab, seine Beine zitterten, seine Brust hob und senkte sich unter heftigen Atemstößen.
Randall sagte: »Geh auf deinen Platz.« Dabei deutete er in die hinterste Ecke der Kammer.
Lee schlich davon wie ein geprügelter Hund. In dem finsteren Winkel ließ er sich auf den Boden nieder und kroch in sich zusammen, bis sein Körper im Halbdunkel zu einem formlosen weißen Haufen verschmolz. Ich hörte ihn weinen, obwohl er sich nach Kräften bemühte, die Tränen hinunterzuwürgen.
Randall kümmerte sich eine ganze Weile lang nicht im Geringsten um ihn. Er beschäftigte sich damit, die Spreizstange und die Schellen ordentlich wegzuräumen; dann setzte er sich auf die Streckbank und trank gemächlich sein Glas Wein aus. Erst nachdem er fertig war, sagte er plötzlich: »Komm her.«
Lee kam auf Händen und Füßen zurückgekrochen, ein schweißüberströmtes, zerstriemtes, tränennasses Wrack. Er kroch an seinen Freund heran und blieb vor ihm auf den Knien liegen, den Kopf so tief gesenkt, daß sein rotblondes Haar den schwarzem Vinylbelag des Fußbodens streifte.

Randall sagte mit unerwarteter Zärtlichkeit in der Stimme: »Steh auf.«
Als Lee augenblicklich gehorchte, nahm er ihn in die Arme, streichelte ihn, drückte einen Kuß nach dem anderen auf seine fleischige, schweißglänzende Brust. Lee schluchzte aufgelöst. Randall spreizte die Schenkel so weit, daß er den Jungen, der jetzt vor ihm stand, zwischen die Knie klemmte, dann streckte er die Hand aus und liebkoste sanft seine prallen Hoden.
Lee stieß ein gicksendes Seufzen aus. Sein heller Schwanz in dem schütteren rotblonden Schamhaar schwoll sichtbar an, als Randall ihn mit gleichmäßigen Bewegungen massierte. Seine Hände wanden und drehten sich, als ölten sie ihn ein, massierten kreisend die fetten Hinterbacken, auf denen allmählich fingerdicke blutige Striemen aufschwollen.
Mittlerweile war mir etwas eingefallen; ich pfiff Dominique und schickte ihn mit einem Auftrag fort. Dann wandte ich mich wieder den beiden Jungen zu.
Lee hatte halb verlegen, halb genießerisch die Augen geschlossen und gab sich wohlig den Liebkosungen hin, als Randall ihn plötzlich aufschreckte.
»Geh zu der Lady hin«, sagte er. »Du gehörst ihr; sie kann mit dir machen, was sie will.«
Machen, was ich will! Nachdem er mich eine Viertelstunde lang instruiert hatte, wie sein empfindsamer Freund zu behandeln war, und was ihm keinesfalls angetan werden durfte!
Von diesen Anweisungen wußte Lee jedoch nichts, und so verließ ihn ganz plötzlich der Mut. Sein Gesicht verfiel, und er schrie entsetzt auf: »Randy ... Randy, du gehst doch nicht etwa weg?«
»Keine Angst, ich passe schon auf dich auf«, sagte Randall lässig. »Los jetzt.«
Lee kam barfuß und verschüchtert angetapst und blieb vor mir stehen, die Hände auf dem Rücken, den Kopf auf der Brust. Ich sah, wie er verschämt die Knie nach innen drehte, um seinen steifen Schwanz so gut wie möglich zu ver-

bergen. Dabei war es ein hübscher Schwanz, ein bißchen kurz, aber kräftig, wohlgeformt und appetitlich.
Ich sah ihn von oben bis unten an und suchte nach einer heilen Stelle, mit der ich noch etwas anfangen konnte. Seine Schenkel waren hinten und außen so böse zerbläut, daß es keine gute Idee gewesen wäre, noch einmal draufzuschlagen. Dann fiel mir etwas ein, und ich schickte ihn auf einen häßlichen Stuhl aus Eisenrohren und schwarzen Vinyl, an dessen Beinen und Lehnen stählerne Schellen befestigt waren. Nachdem ich alle Schellen fixiert hatte, holte ich eine kurze Hundepeitsche aus dunklem Schweinsleder aus dem Gestell. Mit der Spitze fuhr ich sanft über die Innenseiten seiner weißen Schenkel.
»Wieviel damit hältst du aus?« fragte ich.
Er sah die Peitsche an, überlegte einen Moment und sagte leise: »Zwanzig.«
Das war ziemlich heavy, sogar für jemand, der so viel einstecken konnte wie er. Ich sagte vorsichtshalber: »Ich gebe dir eine Kostprobe, dann kannst du noch einmal wählen.«
Die Peitsche fraß eine brennende Spur in sein Fleisch. Ich hatte absichtlich hart zugeschlagen, um ihn zu warnen. Er zuckte, und sein Gesicht wurde einen Augenblick lang starr vor Schmerz.
»Also? Wieviel?« fragte ich.
Er hob mir sein rundes, seltsam kindliches Gesicht entgegen und sagte: »Zwanzig.« Einen Augenblick zitterten seine Lippen, dann fügte er trotzig hinzu: »Auf jeder Seite.«
Ich sagte nichts mehr. Ich verabreichte ihm die Zwanzig auf jeder Seite. Er rang nach Atem, als hätte er einen Hundertmeterlauf hinter sich; totenblaß und mit wilden Augen stemmte er seine ganze Willenskraft gegen den Schmerz, schluckte das Codewort hinunter, das ihn befreit hätte, hielt bis zum letzten durch. Nach dem vierzigsten Hieb sank er vornüber, sein Körper klappte wie an Gummibändern zusammen, sein Kopf sank auf die Brust.
Ich faßte erschrocken sein Kinn und hob sein Gesicht hoch, überzeugt, er sei ohnmächtig geworden. Aber er sah nur ein

wenig benommen aus. Benommen – oder berauscht. Sein Haar klebte vor Schweiß, unter seinen Augen malten sich schwarzschattige Ringe, seine Lippen troffen von Speichel. Am ganzen Leib zitternd, stammelte er in wildem Entzücken: »Noch einmal. Ich halt's noch einmal aus! Geben Sie mir dasselbe nochmal.«

»Du wirst hier nicht gefragt«, fuhr ich ihn an. Es war die einzige Art, wie ich mich aus der Affäre ziehen konnte. Ich wußte, daß er high war, high vor Schmerzen. Im Augenblick hätte er alles eingesteckt; er hätte sich prügeln lassen, bis er zusammenbrach. Ich wandte mich rasch ab, zündete eine Kerze an und ließ einen scharlachroten Wachstropfen auf seinen Schenkel fallen.

Das Wachs lenkte ihn ab. Offenbar hatten die beiden das noch nie probiert, und die dramatische Wirkung beeindruckte ihn so sehr, daß er gar nicht merkte, wie bescheiden der Schmerz war, den die Stearintropfen hervorriefen.

Ich hörte Dominique hereinkommen, wandte kurz den Kopf und sah, wie er mir bedeutete: Ich habe, was Sie wollten.

Ich sperrte die stählernen Schellen auf. Lee fühlte sich offenbar zu allem imstande, aber seine kalten Hände, seine umflorten Augen, seine bebenden Rippen verrieten, daß er in kurzer Zeit umkippen würde. Ich wies ihn mit einer Handbewegung an, in die kleine vergitterte Zelle in einer Nische zu kriechen – ein häßliches schwarzes Loch, das freilich weitaus schlimmer aussah, als es war. Sogar eine Gummimatte lag auf dem Boden, damit sich niemand die Nieren verkühlte.

Lee gehorchte so prompt wie zuvor. Die Zelle war wirklich sehr klein, niedrig und vor allem schmal, so daß er dicht an das grobe Gitter gepreßt saß. Ich drehte den eindrucksvollen Klosterschüssel im Schloß und legte ihn weg. Dann zog ich mir einen Hocker herbei und setzte mich vor dem Gitter nieder.

»Du warst tapfer«, sagte ich anerkennend. »Sehr tapfer. Du hast eine Belohnung verdient.«

Er sah mich aus fragenden Augen an, unsicher, was ich meinte. Ich winkte Dominique, und er brachte herbei, was er geholt hatte: Eine kleine weißglasierte Torte mit einem Marzipanröschen darauf.
»Alles Gute zum Geburtstag«, sagte ich und schob das Stück, auf dem sich die Marzipanrose befand, durch's Gitter.
Lee aß wortlos. Dann heulte er los. Er drückte sich ans Gitter und tastete mit seinen molligen Pfötchen nach mir, und ich streckte die Hände durch die Gitterstäbe und streichelte sein schweißnasses Haar und kam ganz nahe und küßte ihn auf die Wange, die von Schweiß und Tränen salzig schmeckte.
»Genug gespielt«, sagte ich und drehte den Schlüssel. Lee zwängte sich, immer noch schniefend, heraus. Randall eilte herbei und drückte ihn – ein wenig eifersüchtig, wie mir schien – an sich.
Eine Viertelstunde später tapsten sie zur Tür hinaus: Zwei ganz junge Hunde in Bomberjacken und Baseballkappen. Das Honorar schenkte ich ihnen, und den Rest der Marzipantorte dazu.
Schließlich hat man nicht alle Tage Geburtstag.